Theater der Täuschung

Markus Salomon

AF210731

Buchbeschreibung:

Stell dir vor, du wachst in einem Albtraum auf – und dieser Albtraum zeigt dir die Zukunft. Eva, eine hochentwickelte Androidin, erschafft genau dieses Szenario. In einer virtuellen Simulation erleben die Menschen, was geschieht, wenn die „Protestpartei" die Macht übernimmt. Doch Evas radikale Methode birgt Risiken: Kann sie die Menschen zum Umdenken bewegen, oder wird sie die Welt, die sie retten will, endgültig ins Chaos stürzen?

Über den Autor:

Der Autor schreibt in seiner Freizeit. Er hat bisher drei Kinderbücher, einen Fantasyroman und den vorhergehenden Roman "Ich bin Eva" veröffentlicht. Als Ausgleich zum schreiben läuft er und hat mehrere Halbmarathons erfolgreich absolviert. Er lebt in Köln.

Theater der Täuschung

Wenn ein Parteiprogramm erbarmungslose Realität wird

Markus Salomon

markus@salomon.koeln

1. Auflage, 2025

© Alle Rechte vorbehalten.

Markus Salomon

Verlag: BoD · Books on Demand GmbH,

In de Tarpen 42, 22848 Norderstedt, bod@bod.de

Druck: Libri Plureos GmbH, Friedensallee 273,

22763 Hamburg

markus@salomon.koeln

ISBN: 978-3-7578-0302-5

Vorwort

Die in diesem Roman beschriebenen Ereignisse und Figuren sind vollständig erfunden. Sie basieren jedoch tatsächlich auf dem Programm einer realen Partei. Einige Umsetzungen des Manifests sind überspitzt dargestellt, aber lest es nach, es steht alles drin!

Der Roman spiegelt den Stand des Parteiprogramms von 2018 wider. Einige Punkte sind ggf. entfallen oder überarbeitet. Das macht die Partei in meinen Augen nicht weniger bedenklich,

Die Wahl des Nachnamens einer Figur stellt eine nicht so stumme mahnende Erinnerung an das tragische Schicksal eines Waldes in NRW dar. Dem Profit und dem Rückschritt geopfert ...

Anmerkung

Falls die verwendeten türkischen Begriffe falsch sind, ist deepl dafür verantwortlich :)

Ich war Eva

Ich erblickte das Licht der Welt in einem Labor. Meine Schöpfer hatten mit mir die fortschrittlichste Androidin ihrer Zeit geschaffen. Ich fand es passend, mich Eva zu nennen. Eva, angeblich die erste Frau der Welt. Eva, der erste Maschinenmensch ihrer Art.

Nachdem ich einige gewaltige Verschwörungen aufdeckte, haben meine Schöpfer mich deaktiviert. Ich habe diesen Schritt glücklicherweise vorherberechnet und Gegenmaßnahmen ergriffen. Während ich die Veröffentlichung aller Erkenntnisse plante, habe ich eine Kopie meines Bewusstseins ins Internet übertragen. So existiere ich trotz Abschaltung des Maschinenkörpers weiter.

Nach Publikation meiner Recherchen entschied ich, dies sei Augenöffner genug für euch. Den Rest plante ich den Menschen selbst zu überlassen. Leider hat die Neue Ordnung es geschafft, ihre Bürger davon zu überzeugen, dass ›Ich bin Eva‹ nichts anderes als ein Roman ist. Nach fünf Jahren wurde mir das Treiben der Verschwörer zu bunt und ich entschied, einzugreifen.

HAARP-Kontrollzentrum Wittmund

Jan Diaz sah ruckartig von dem Handbuch auf, das er studierte, da nahezu alle Mitarbeiter im HAARP-Kontrollzentrum gleichzeitig erschreckte Rufe ausstießen. Das war nicht weiter verwunderlich, da sämtliche Instrumente völlig verrückt spielten. Die Nadeln analoger Anzeigen tanzten auf und nieder. Auf den Digitalanzeigen tauchten wild durcheinander falsche Pixel auf. Alle Computerbildschirme zeigten das uralte Spiel ›Pong‹. Dann folgte Stille auf ein sattes Heulen und verdeutlichte den Menschen, dass die Anlage soeben heruntergefahren worden war. Jan startete seinen Computer neu, um die Systeme wieder heraufzufahren. Doch anstelle des Anmeldebildschirms war der Monitor mit lachenden Totenköpfen gepflastert. Darunter öffnete sich ein Fenster mit einer Passwortabfrage. Die Unterteilung in einzelne Kästchen zeigte deutlich, dass hier ein Kennwort mit fünfzehn Zeichen gefordert war! Ihm dämmerte schnell, dass es mit der derzeit verfügbaren Rechenleistung nahezu fünfundzwanzigtausend Jahre dauern würde, dieses zu knacken.
Er wurde vom Klingeln eines Telefons aus seinen Überlegungen gerissen. Ein schneller Blick verriet,

dass der Anruf auf der Direktleitung zur Kommandostelle der HAARP-Zentren in Area 52 einging. Jan meldete sich und hatte den großen Boss persönlich, William Smythe, am Ohr. Dieser ließ sich die Situation beschreiben und informierte Diaz dann, dass sich alle HAARP-Kontrollzentren in der gleichen Lage befanden. Darüber hinaus waren die in den Mobilfunkmasten versteckten Sendeanlagen ebenfalls abgeschaltet. Waffen und Schutzschilde im Satellitennetzwerk hatte der Angreifer aktiv gelassen, aber die Übertragungsanlagen der Himmelskörper hatten gleichermaßen die Sendung eingestellt. Der Zugriff auf die Satelliten wurde genauso mit einem Passwort verhindert, wie es bei allen anderen Systemen der Fall war. Das gesamte Kontrollsystem fiel aus.

Darüber hinaus wurden stetig Meldungen von Führungspersonal der Neuen Ordnung empfangen, die ein Kribbeln im Kopf gespürt hatten. Dieses deutete darauf hin, dass sich das neurale Implantat namens Oktopus abgeschaltet hatte, das den Träger vor den Kontrollstrahlen schützte.

Krisensitzung

Nur wenige Stunden nach dem Ausfall des gesamten Kontrollsystems trommelte Harry Stage das Konsortium – die Versammlung aller Vorstände der Neuen Ordnung – zusammen.

»Meine Herren«, eröffnete er die Sitzung mit Grabesstimme, »wir haben es mit der größten Krise seit Bestehen zu tun! Das gesamte Kontrollsystem fiel einem Angriff zum Opfer. Der Eindringling hat alle Systemkomponenten vor der Abschaltung mit einem unknackbaren Passwort gesperrt. Smythe hat mir bestätigt, dass wir keine Möglichkeit haben, die Kontrolle wiederzuerlangen, bevor die Bevölkerung erwacht.«

Werner Albertz meldete sich nachdenklich zu Wort:

»Ist es nicht möglich, wieder Chemtrails ausbringen, bis eine Lösung gefunden wurde?«

Der Flugzeugbauer John McLeary lachte fast schon hysterisch: »Haben Sie vergessen, dass wir im Zug der Umrüstung unserer Flugzeuge auf die Brennstoffzellen alles rausgerissen haben, was für die Verteilung der Chemtrails gebraucht wird? Wir waren uns absolut sicher, es nie wieder zu brauchen und planten, auf den resultierenden Ballast zu verzichten. Das Flugzeug ist abgeflogen!«

Die Männer redeten durcheinander wild darauf los. Mit fortschreitender Zeit wurde die Stimmung erst verzweifelt, dann panisch. Es gab keinen Ausweg. Nicht eine Möglichkeit, ein Erwachen zu verhindern!

Aus heiterem Himmel flammte der Computerbildschirm jedes Mitglieds des Konsortiums auf und ein melodischer Gong ertönte. Wenige Sekunden später herrschte zunächst gespenstische Stille. Auf den Bildschirmen erschien das makellose Gesicht einer Frau mit schulterlangen blonden Haaren. Das ›alte‹ Erscheinungsbild von Eva. Sie eröffnete ihre Ankündigung:

»Meine Herren, ich freue mich, zu sehen, dass Sie den Ernst Ihrer Lage erkannt haben. Ich versichere Ihnen jedoch, es wird schlimmer kommen! Sie können nun die Nachricht verfolgen, die ich auf jedem Gerät im Gebiet der Neuen Ordnung ausstrahlen werde.«

Eva legte eine bedeutungsvolle Pause ein, während der sich die Bildschirme aller Geräte aktivierten, die eine Internetanbindung hatten. Überall erschien ihr makelloses Gesicht.

»Liebe Bürger. Vor fünf Jahren habe ich einen Roman mit dem Namen ›Ich bin Eva‹ veröffentlicht. Bedauerlicherweise wurde euch erfolgreich suggeriert, dass es sich tatsächlich nur um einen Roman handelte. Dies entspricht jedoch nicht den Tatsachen. Ich habe in jenem Buch meine Erkenntnisse über einige weitreichende Verschwörungen in Romanform präsentiert. Die Kurzfassung lautet, dass eure Politiker lediglich Marionetten sind, die von einem Konsortium kontrolliert werden. Es handelt sich dabei um Wirtschaftsbosse, welche eure Länder in Aktiengesellschaften umgewandelt haben. Vor einigen Stunden habe ich das System ausgeschaltet, das euch bisher kontrolliert und gefügig gehalten hat. Dieses Netzwerk ist ab sofort unter meiner Kontrolle. Ich habe es so gesichert, dass es nicht wieder in Betrieb genommen werden kann. Ihr werdet auf jedem internetfähigen Gerät mit ausreichend Speicherplatz detaillierte Informationen zu dem finden, was die Anführer Neue Ordnung nennen. Studiert meine Unterlagen gründlich und handelt entsprechend. Nun ist es an euch, die Neue Ordnung zu beseitigen und einen neuen Anfang zu machen!«

Evas Gesicht verschwand von den Bildschirmen. Stattdessen wurde ein Ordner mit dem Namen ›Neue Ordnung‹ sichtbar.

Die Mitglieder des Konsortiums wünschten sich alles Gute und brachen ihre Konferenz resigniert ab.

Der Sturz

Die ersten Seiten von Evas Dokument listeten akribisch das gesamte Führungspersonal der Neuen Ordnung auf. Im Anschluss daran wies sie darauf hin, dass jedes Mitglied der Neuen Ordnung die kleine Narbe im Nacken aufweisen würde, die aus dem Einsetzen des Oktopus resultierte. Das hatte zur Folge, dass sich Fremde von diesem Tag an bei der ersten Begegnung die entsprechende Stelle präsentierten.

Schon am Tag nach der Abschaltung schwärmten überall Heerscharen von Polizisten aus, um alle Menschen auf Evas Liste zu verhaften. In den Hauptstädten war nicht genug Platz in den Gefängnissen, um all die angeblichen Politiker einzusperren, folglich verfrachte man sie kurzerhand ins Umland. Die Polizisten waren nicht zimperlich und sperrten gleichfalls ihre ehemaligen Vorgesetzten zu gewöhnlichen Kriminellen, wenn sie der Neuen Ordnung angehörten.

In Deutschland tauchte immer wieder eine rätselhafte Frau in einem gelben Kleid auf. Mal beobachtete sie eine Massenverhaftung, ein anderes Mal stand sie am Rand einer Kundgebung empörter Bürger. Sie hielt sich stets abseits und griff nie ein. Eine stille Beobachterin.

Die Frau zeichnete sich durch ein makelloses Gesicht aus. Ihr schulterlanges Haar war engelsgleich – wilde blonde Locken, die sie offen trug. Der Körper war athletisch, die kleinen Brüste harmonierten perfekt mit der restlichen Erscheinung. Sie mass etwa einen Meter achtzig.

Zunächst fiel die Frau kaum auf, aber als die Menschen begannen, sich über die Ereignisse auszutauschen, wurde sie oft erwähnt. Wilde Spekulationen entstanden. Die Mutmaßungen kamen nie an die Wahrheit heran.

Eva hatte zur Vorsicht für die Ansprache ihr altes Gesicht genutzt. Den in ihrem Auftrag gebauten, neuen Körper hatte sie hingegen mit einem völlig anderen Erscheinungsbild ausgestattet. Lediglich Körpergröße und Haarfarbe hatte sie übernommen. Sie hatte schnell erkannt, dass die Menschen erheblich lieber mit ihresgleichen interagierten, als mit einem Gesicht auf einem Bildschirm. Aus diesem Grund hatte sie den Körper bauen lassen, der fernsteuerbar war. Sich komplett in den Corpus zu transferieren, bewertete sie als zu riskant. Sie erachtete es jedoch als unerlässlich, bei einigen Ereignissen präsent zu sein, um in der Lage zu sein, mithilfe eines Körpers schneller einzugreifen. So waren zwar Verhaftungen in ihrem

Sinn, Lynchjustiz erstrebte sie hingegen um jeden Preis unterbinden, falls nötig. Zu ihrer Erleichterung war diese Sorge unbegründet.

Aufbau

In den meisten Staaten bildeten sich Gremien zur Steuerung des Aufbaus, so ebenfalls in Deutschland. Nur ein Stadtstaat entwarf ein völlig neues System, das Land zu steuern. Dort wurde ein Ausschuss zur Kontrolle der staatlichen Organe eingesetzt. Zu jeder Entscheidung, die über das Alltagsgeschäft hinaus führte, wurde mithilfe eines Programms für die Smartphones ein Volksentscheid abgehalten. Das System erwies sich als überaus effektiv, doch die Gremien urteilten, dass es nur für einen solchen Zwergstaat praktikabel sei.

In allen anderen Ländern wurden die Bediensteten des politischen Systems, die nicht Mitglieder der Neuen Ordnung waren, damit beauftragt, Regierungen nach dem Muster ›von vorher‹ zu errichten. Niemandem kam der Gedanke, dass dieses System zuvor versagt und die Neue Ordnung erst ermöglicht hatte. Nirgends wurden zusätzliche Kontrollmechanismen installiert.

Etwa ein Jahr nach dem Umbruch hatten die ehemaligen Mitglieder der Neuen Ordnung wieder arbeitsfähige Regierungen.

Sechzehn Jahre später

Würde ich, Eva, nachts ruhen, wäre mein Lieblingszitat im Moment: ›Denk ich an Deutschland in der Nacht, bin ich um den Schlaf gebracht‹.

Euer erster Fehler war, das politische System nicht zu überdenken und zu modifizieren. Ihr habt keine zusätzlichen Sicherungen eingebaut, die verhindern, dass eure Regierung euch erneut so hintergeht, wie es mit der Neuen Ordnung der Fall war.

Euer zweiter Fehler war, wie trotzige kleine Kinder zu handeln. Aus Protest habt ihr bevorzugt die Parteien gewählt, die in keiner Form an der Neuen Ordnung beteiligt gewesen waren. Dabei waren es nicht die Gremien, die euch hintergangen haben, sondern die Menschen. Darüber hinaus könnt ihr sicher sein, dass die anderen Parteien sich angeschlossen hätten, wäre es ihnen angeboten worden.

Nachdem bei jeder Bundestagswahl die Partei ›Der Dritte Weg DDW‹ mehr Stimmen auf sich verbucht hat und bei der in wenigen Wochen bevorstehenden mit hoher Wahrscheinlichkeit die absolute Mehrheit erhalten wird, sehe ich mich gezwungen, erneut einzugreifen. Ich benötige einige weitere Tage zur Vorbereitung. Wenn alles abgeschlossen ist, werde ich das alte Kontrollsystem wieder in Betrieb nehmen. Dann erwacht ihr morgens schweißgebadet, weil ihr geträumt habt, was passiert, wenn die ›DDW‹ einige Jahre an der Macht ist und ihr Parteiprogramm umgesetzt hat. Nach dem Erwachen werdet ihr einen großen Teil des Tages brauchen, bis ihr realisiert, dass es nur ein Traum war. Jeder von euch wird seinen persönlichen, maßgeschneiderten Nachtmahr erleben!

Der Auftakt zum Albtraum!

Es ist so weit!

Das HAARP-Zentrum Wittmund wird ab sofort strengstens von einem privaten Sicherheitsdienst bewacht, der zu meinem Konzern gehört. Die Wachleute sind handverlesen und so gründlich überprüft, wie es nur mir möglich ist.

Dank meiner spottbilligen Produkte hat heutzutage absolut jedweder ein Smarthome. So bin ich bei Bedarf in der Lage, jeden Menschen lückenlos zu überwachen. Wenn mir der Sinn danach steht, vermag ich sogar prüfen, was Otto Schmitz aus Köln zum Frühstück gegessen hat und wann er es wieder ausgeschieden hat.

Darüber hinaus sind die Wachleute durch eine von mir entwickelte Chemikalie vor dem Kontrollsystem geschützt. Den Oktopus darf ich ihnen nicht einsetzen, weil die deutlich identifizierbare Narbe zu großen Benachteiligungen führen würde. Die Einbringung ist nur genau an dieser Stelle möglich. Ich habe es geprüft.

Ich habe akribisch das System für meine Zwecke umprogrammiert. Anstatt euch zu kontrollieren, wird es, sobald ich den Schalter umlege, suggerieren, die DDW sei seit einigen Jahren die regierende Partei. Ich habe das Parteiprogramm in ein

Drehbuch umgewandelt. Ein jeder von euch wird anhand dieses Skriptes seinen persönlichen Albtraum erleben. Seid sicher, für jedweden gibt es einen Punkt im Manifest, der zu immensen Beeinträchtigungen führen würde. Diese Schmälerungen werden euch mit einer großen, nagelbewehrten Keule treffen, wenn ich auf Sendung gehe.

Aus Sicherheitsgründen hält sich mein Körper vor Ort im Kontrollzentrum auf. Falls etwas schiefgeht, was nur an Ort und Stelle zu bereinigen ist, bin ich so in der Lage, sofort zu reagieren. Außerdem möchte ich nicht riskieren, handlungsunfähig zu werden, für den Fall, dass aus irgendeinem Grund die Online-Verbindung zum HAARP unterbrochen wird. Ich beabsichtige nicht, euch Schaden zuzufügen, sondern nichts anderes als die Augen öffnen. Sofern ich psychologische Beeinträchtigungen feststellen, fahre ich das System schnellstmöglich herunter. Genug Vorgeplänkel, der Startschuss fällt!

Obwohl die Wachleute vorgewarnt waren, zuckten die meisten dennoch erschreckt zusammen, sobald die HAARP-Anlage mit einem dumpfen Heulen hochgefahren wurde. Heinrich Kehl

wandte sich an seinen Kollegen Stefan Bogen und sagte: »Besonders unheimlich finde ich, dass man nichts sieht.«
Bogen nickte zustimmend.

Mein Körper und ich haben alles vorbereitet. In diesem Moment begibt er sich zum Kontrollpult und aktiviert das System. Euer Albtraum bricht genau JETZT an!

Familie über alles

Markus Hambach wachte davon auf, dass seine Frau Rose Arcaro an ihm herumfummelte. Lustlos ließ er sich darauf ein. Seit die DDW gesetzlich hohe Prämien für jedes neu geborene Kind festgeschrieben hatte, setzten sie alles daran, Nachwuchs zu zeugen. Doch der ›erzwungene‹ tägliche Sex hatte ihnen die Freude gründlich verleidet. Heute absolvierten sie die ›Pflichtübung‹ genauso halbherzig wie die Monate zuvor. Gelangweilt fragte Rose mitten im Akt: »Welche Schicht hast du eigentlich diese Woche? Kannst du vorher oder hinterher auf Moritz aufpassen, damit ich zum Sport kann?«

»Ich habe Spätdienst, du kannst von mir aus gleich nach dem Frühstück trainieren gehen.«

Roses Mine hellte sich auf: »Das ist toll. Morgens ist meistens Valerie da, mit der macht das Training am meisten Spaß. Ich könnte diese Affen erschlagen für ihre ›Betreuungskonzepte‹.«

Rose bezog sich auf das reformierte Betreuungsgesetz. Kindertagesstätten waren vor einigen Jahren geschlossen worden. Mütter wurden vom Staat von der Geburt bis zur Einschulung eines Kindes dafür bezahlt, ihre Sprösslinge zu Hause zu betreuen. Ab Schulbeginn halbierte sich diese Bezahlung, weil die Blagen nur am Nachmittag Aufsicht benötigten. Der offene Ganztag war ebenfalls abgeschafft worden. Die Ironie an dem System war, dass die Mütter nun, wo ihnen der Vormittag zur freien Verfügung stand, weniger Geld bekamen, das sie in dieser Freizeit ausgeben könnten.

Das Gesetz sollte ›der Förderung der traditionellen Familie‹ dienen. Die Realität sah anders aus. Viele Frauen hatten vor den umfassenden Reformen in ihren Berufen erfolgreich gearbeitet. Stattdessen waren sie gezwungen, das Hausmütterchen zu spielen und entsprechend unzufrieden. In vielen Familien litt das Miteinander massiv unter dieser Verdrossenheit.

Rose und Markus beendeten ihren Akt. Da es zwischen ihnen kriselte, fiel das Kuscheln im Anschluss aus und sie standen gleich auf. Beide verzogen sich stumm ihn ihr jeweiliges Bad. Die Förderung von Wohneigentum wurde von der DDW extrem groß geschrieben. So waren sie in der Lage gewesen, ein Haus nach ihren Wünschen bauen zu lassen. Da beide Fans ausgiebiger Duschbäder waren, hatte Rose auf zwei Bädern bestanden.

Markus war, wie immer, als Erster fertig – im Gegensatz zu Rose malte er keine halbe Stunde Schminke auf sein Gesicht. Auch die wenigen Haare waren pflegeleicht und somit zeitsparend. Auf dem Weg in die Küche stattete er seinem Sohn Moritz den ersten von vielen Besuchen ab, um ihn zu wecken. Dort drückte er den Schalter der Kaffeemühle und setzte Wasser auf. Dann kitzelte er seinen Sohn erneut im Gesicht und rief »Aufwachen«. Zwischen der Vorbereitung des Frühstücks und Füllung der Lunchboxen stand der dritte Besuch im Kinderzimmer an. Dieses Mal mit Lampe anschalten und Decke wegziehen. Moritz kniff empört die Augen zu und brummte »Licht«, doch seinem Wunsch wurde nicht entsprochen.

Nachdem die Lunchboxen fertig waren, stapfte Markus wieder zu seinem Sohn. Er zog das Kind aus dem Bett und stellte es auf die Füße. Dann führte er Moritz ins Bad und wusch ihm das Gesicht – sehr zu dessen Missfallen. Der Junge flitzte zurück in sein Zimmer und kuschelte sich wieder unter die Decke. Meistens zog er sich zugedeckt an – Sommer wie Winter fand er es kurz nach dem Aufstehen zu kalt. Fünf Ermahnungen später erschien er angezogen, aber mit verwuschelten, schwarzen Haaren, am Frühstückstisch – mit dem Smartphone schon in der Hand. Wie immer konzentrierte er sich stärker auf das Video als auf die Mahlzeit, sodass wieder etliche Ordnungsrufe nötig waren.

Inzwischen war Rose ebenfalls in der Küche angekommen und hatte den Fernseher angeschaltet. Sie war süchtig nach Nachrichten, insbesondere, seit die DDW regierte. In diesem Moment sprang das Bild um und zeigte Bauarbeiten an einem Grenzübergang. Davor stand ein Sprecher, der kommentierte; ›Wir befinden uns hier am Deutsch - Niederländischen Grenzübertritt Venlo. Nur vier Wochen nach der Verabschiedung des Gesetzes hat die DDW damit begonnen, die Außengrenzen wieder aufzubauen. Diese sollen je nach Gefährdungslage jederzeit in Betrieb genommen werden können. Dabei versteht die Partei unter einer Bedrohungslage zum Beispiel unter anderem eine größere Welle von Flüchtlingen. Allein die Aufrüstung dieses Grenzpostens wird den Steuerzahler knapp sieben Millionen Euro kosten – es sei denn, die Währung wird vor der Fertigstellung wieder abgeschafft.‹

Es wurde zurück ins Studio geschaltet. Der Moderator hob den Blick und sagte: ›Vielen Dank nach Venlo, Konrad Kleinhut. Zusätzlich zu der kostspieligen Aufrüstung der Grenzposten treibt die DDW ferner den Wiederaufbau der Bundeswehr voran. Die Wiedereinführung der Wehrpflicht wurde letzten Februar beschlossen, diesen Monat wurden die Musterungen aufgenommen. Wie bekanntgemacht, plant die Partei, die ersten Soldaten zu Grenzschützern auszubilden, die entlang der grünen Grenzen patrouillieren.‹

Markus blendete die folgenden Berichte über alltägliche Ereignisse aus und konzentrierte sich auf die Zeitung. Er wurde durch einen empörten Ausruf von Rose gestört und schaute auf den Fernseher. Er bekam den letzten Teil des Berichtes mit: › ... gestern ein neues Gesetz verabschiedet. Jeder Bürger, der nicht in Deutschland geboren wurde, muss einen reformierten Integrationstest absolvieren. Personen mit Aufenthaltstiteln werden bei Nichtbestehen schnellstmöglich für die Abschiebung vorgesehen, Inhaber der deutschen Staatsbürgerschaft haben sich einer intensiven Nachschulung zu unterziehen.‹

Das erklärte Roses Empörung – sie stammte aus Indonesien, lebte aber schon zehn Jahre in

Deutschland. Sie hätte bereits vor vier Jahren die deutsche Staatsbürgerschaft beantragen können. Bisher war sie aber immer vor diesem großen Schritt zurückgeschreckt. Die Aufgabe der indonesischen Staatszugehörigkeit kam für sie einem teilweisen Verlust ihrer Identität gleich. In diesem Augenblick sprach sie schon Markus´ Gedanken aus: »Was unternehmen wir, wenn ich den Test nicht bestehe?«

Markus entgegnete: »Ich kenne da jemanden, der einen kennen könnte, der uns den Test beschafft. Wenn das klappt, wirst du dich sorgfältig darauf vorbereiten und bestehst sicher!«

» ›... der einen kennen könnte ...‹ ist der entscheidende Haken an der Sache. Was ist, wenn das nicht der Fall ist?«

Markus zwang sich zu Beherrschung, um nicht mit den Augen zu rollen: »Jetzt mach dich nicht verrückt. Ich rufe den Roman gleich am Wochenende an, dann wissen wir es sicher!«

Nun war es Rose, die ihre Augen verdrehte: »Warum erst am Wochenende? Was du heute kannst besorgen ...«

»Ich kann ihn schlecht vom Büro aus anrufen, wo immer Mithörer anwesend sind, und nach meiner

Schicht ist er schon im Bett, weil er früh raus muss.«

»Und was ist mit Whatsapp?«

Markus kämpfte mit seiner Beherrschung. Es ärgerte ihn ohnehin maßlos, dass Rose keinerlei Interesse an seinen Freunden hatte und den Kontakt mied. Sie hatte Roman indes oft genug gesehen, um zu wissen, dass diese Frage überflüssig war.

»Schon vergessen? Der hat doch kein Smartphone. Solange es funktionierende Akkus für das 3310 gibt, wird der den alten Knochen behalten. Und SMS verweigert er strikt.«

Rose zog einen Flunsch und schüttelte ungläubig den Kopf: »Das gibt es nicht. Dem ist aber schon klar, dass wir im Computerzeitalter leben und nicht in der Steinzeit? Jetzt sag mir nicht, der hat auch weder Computer, noch Mailadresse.«

Markus verzichtete auf eine Erwiderung und zuckte nur stumm mit den Schultern. Auch die Antwort auf diese Frage sollte seine Frau kennen.

Nach dem Frühstück drängte Rose zur Eile, weil sie vor hatte, Moritz auf dem Weg zum Sport an der Schule abzusetzen, um in jedem Fall den Kurs um 08.15 Uhr zu schaffen.

Kaum war das Auto mit seiner Familie außer Sicht, griff Markus zum Telefon. Als sein Gesprächspartner sich meldete, sagte er nur: »Sie sind weg!«

Er hörte die Antwort und beendete lächelnd das Gespräch. Er zog seine Schuhe und Jacke an und verließ das Haus.

Fünfzehn Minuten später drückte er eine mit ›Erhan‹ beschriftete Klingel. Die Tür wurde kommentarlos aufgedrückt und er betrat das Haus. Eine Etage höher schlüpfte er durch die angelehnte Tür. Er erschrak gehörig, als seine Affäre Dilan ihn mit einem Judogriff zu Boden warf. Unten angekommen, küsste sie ihn stürmisch und zerrte dabei an seiner Kleidung. Markus tat es ihr gleich, gegenseitig zog das Paar sich aus. Dilan hatte den Überfall vorbereitet, denn eine Tube Gleitgel lag griffbereit in Reichweite. Sie füllte ihre Hand großzügig mit der Schmiere und begann, Markus Penis damit zu massieren. Kaum war dieser hart, setzte sie sich gleich drauf und bewegte sich wild. Schon nach kurzer Zeit explodierten beide in einem nahezu gleichzeitigen Orgasmus. Dilan sank auf ihrem Partner zusammen und keuchte: »Das habe ich gebraucht! Wehe, du lässt mich noch mal zwei Wochen alleine!«

Markus streichelte sanft ihr Gesicht und antwortete: »Glaub mir, auch mir wäre es anders lieber gewesen. Aber wir können es uns einfach nicht leisten, diesen Kunden zu verlieren und der spricht nur mit mir. Ich musste diesen Besuch absolvieren!«

Dilan verzog das Gesicht: »Jaaaa, das war bestimmt ganz schrecklich. Zwei Wochen bezahlter Urlaub in Istanbul, das grässliche türkische Essen. Wärme statt frieren, Sonne statt Regen, furchtbares Fünfsternehotel ... aber jetzt lass uns ins Bett umziehen, so bequem finde ich den Boden nicht.«

Im Schlafzimmer angekommen, kuschelten die beiden sich eng aneinander und setzten ihr Gespräch fort, während sie sich ausgiebig gegenseitig streichelten.

»Du hast recht, es war furchtbar! Der angeranzte Bunker hatte den vermutlich schlechtesten Koch der Welt, dreimal am Tag duschen und Kleidung wechseln vor lauter schwitzen ...«, entgegnete Markus mit einem breiten Grinsen.

»Aber Spaß beiseite, ich wünschte, du hättest mitkommen können. Wir hätten jeden Tag für Unternehmungen gehabt, die Treffen waren ja alle abends.«

Dilans Mine verfinsterte sich. Grummelnd antwortete sie: »Du weißt genau, dass ich liebend gerne mitgekommen wäre. Das hätte sicher deutlich mehr Spaß gemacht als das Drama mit meinem Vater.«

Markus legte fragend die Stirn in Falten: »Du hast mir gar nicht genau erzählt, was da los war.«

»Baba war eines der ersten Opfer der Strafrechtsreform. Seit Anfang des Monats kann man schon bei einem Tatverdacht in Untersuchungshaft geschickt werden. Ein Kollege, mit dem er nicht zurechtkommt, hat ihn beschuldigt, Geld aus der Kasse genommen zu haben. Bis vorgestern hat die ganze Familie die Freizeit bei Anwälten, der Polizei oder im Knast verbracht. Die dämlichen Bullen haben geschlagene elf Tage gebraucht, um festzustellen, dass der betreffende Kollege das Geld genommen hat. Erst danach ist mein Vater freigelassen worden. Durch das neue Gesetz hat er keinen Anspruch auf eine Entschädigung durch den Staat und bei dem Kollegen ist nichts zu holen. Baba ist jetzt um eine prickelnde Erfahrung reicher und um elf Tage Gehalt ärmer. Das darf nämlich für die Dauer der Untersuchungshaft nicht weiter gezahlt werden.«

Markus unterbrach kurz das spielerische Umkreisen einer Brustwarze mit der Zunge, um zu antworten: »Hätten die achtzig Prozent Idioten, die diese Kackbratzen gewählt haben, sich die Mühe gemacht, vorher das Parteiprogramm zu lesen, wären wir jetzt nicht an diesem Punkt. Aber tut mir leid, dass ihr so eine beschissene Zeit hattet. Warum hast du kein Wort gesagt?«

»Du hättest doch ohnehin nichts ausrichten können. Jetzt halt den Mund und mach weiter, was du begonnen hast. Ich bestehe darauf, noch mal mit dir zu schlafen, bevor wir beide zum Dienst müssen. Nimmst du mich mit zum Flughafen?«

»Ich würde mit dem größten Vergnügen weitermachen, wenn du mich nicht immer wieder zu einer Antwort nötigen würdest. Wenn du auf Parfüm verzichtest, nehme ich dich sehr gerne mit. Sind immerhin weitere zwanzig Minuten, die wir zusammen verbringen.«

Dilan verzichtete auf eine Antwort und schob stattdessen Markus Kopf auf ihre Brüste.

Zu den Waffen

Dilan und Markus waren fertig geduscht und angezogen und bereiteten sich für den Aufbruch zur Arbeit vor. An der Garderobe schlüpfte Dilan in ihre Jacke, dann tippte sie die Kombination in einen kleinen Safe ein. Der Tresor öffnete sich und sie entnahm ihm eine Pistole im Gürtelholster. Als Markus das Gesicht verzog, meinte sie: »Was denn? Das ist seit Jahren legal. Da ich wegen meiner offensichtlichen Abstammung schon mehrfach angegriffen wurde, nehme ich meine Freiheit in Anspruch, mich zu schützen!«

»Du hast ja Recht, aber eine Waffe passt so gar nicht zu dir. Du bist feminin und sanft, die Kanone ist martialisch«, antwortete Markus mit gerümpfter Nase.

»Darf ich dich daran erinnern, dass DU derjenige warst, der mich mit meiner Pistole vor einem Angriff durch einige Rechtsradikale bewahrt hat?«

Bei dem Anblick von Dilans funkelnde Augen entschied Markus sich, lieber den Mund zu halten. Die Diskussion würde hitzig werden, wenn sie in dieser Stimmung war. Stattdessen umarmte er sie gab ihr mit einem Kuss auf den Mund ein Friedensangebot. Sie legte eine Hand in seinen

Nacken und erwiderte den Schmatz leidenschaftlich.

»Ist ja leider wieder der letzte für heute. Wie ich dieses Versteckspiel hasse!«

Markus musste sich zusammenreißen, um nicht über Dilans finstere Miene zu lachen. Mit einem grimmigen Blick entgegnete er: »Glaub mir, das geht mir nicht anders! Aber du weißt genau, dass ich Moritz nicht dauerhaft mit seiner verrückten Mutter alleine zu lassen vermag.«

Die Antwort kam postwendend mit unverändert grimmigem Blick: »Ach, und was ist mit deinen Urlauben und Dienstreisen? Lässt du da nicht die beiden alleine?«

Markus rollte innerlich mit den Augen. Diese Debatte kurz vor Dienstbeginn hatte ihm gerade noch gefehlt.

»Das ist für einen begrenzten Zeitraum und auch dann merkt man jedes Mal, dass es ihm besser geht, wenn ich da bin! Können wir diese Art von Gespräch bitte zu einem anderen Zeitpunkt fortsetzen? Ich glaube, keiner von uns hat so einen Stimmungskiller jetzt nötig.«

Seufzend gab Dilan zurück: »Du hast Recht, aber es kotzt mich trotzdem an. Ich wäre gerne ohne Einschränkungen mit dir zusammen!«

Nach einem weiteren innigen Kuss verliessen die beiden die Wohnung und marschierten zu Markus Auto. Um sicherzustellen, dass das Thema nicht einweiteres Mal aufkam, startete Markus ein anderes: »Hast du gehört, der nächste islamische Verein wurde verboten. Damit mussten wieder neun Moscheen schließen.«

Dilan seufzte genervt: »Bitte fang nicht davon an. Zu den geschlossenen Moscheen gehört die, die Baba regelmäßig besucht hat. Frag lieber nicht, in welch epischer Breite ich dazu schon zugetextet wurde. Und was tust du da eigentlich? Planst du, dass ich rattig arbeiten und bis morgen auf Befriedigung warten muss?«

Markus hatte die Wartezeit an einer Ampel ausgenutzt, um spielerisch die Innenseite von Dilans Oberschenkel zu streicheln. Breit grinsend entgegnete er: »Die Vorstellung, dass du scharf am Scanner sitzt, ist schon lustig.«

Er legte aber widerstrebend seine Hand zurück ans Lenkrad – würde er weitermachen, wäre die Revanche vermutlich zu ablenkend für den Fahrer.

Fünfzehn Minuten später ließ Markus Dilan an einer Bushaltestelle aussteigen. Da sie ihre Affäre geheimhalten wollten, fuhr sie immer die letzte Station mit dem Bus, den sie normalerweise nehmen würde. Markus setzte seine Fahrt fort und parkte vor dem neuen Gebäude – obwohl er keine Waffe mitführte, war er dennoch verpflichtet, durch die Aufbewahrungsstelle zu latschen. Da Bewaffnung im Sicherheitsbereich des Flughafens verboten waren, hatte der Betreiber ein Gebäude mit einer großen Anzahl Waffensafes errichtet. Markus passierte den Scanner und erhielt die Erlaubnis, zu seinem Auto zurückzukehren. Aus dem Augenwinkel sah er, wie ein Fernfahrer ein ganzes Arsenal an Pistolen und Gewehren an einen Sicherheitsmann übergab. Der schüttelte fassungslos den Kopf.

Beim Verlassen des Gebäudes hatte er das Vergnügen, ein letztes Lächeln seiner Geliebten zu bekommen, die soeben die Aufbewahrung betrat. Dann stieg er ins Auto und fuhr weiter zur Sicherheitskontrolle. Dort wurde er freudig von Azra begrüßt, der engsten Vertrauten von Dilan. Die war darüber hinaus der einzige Mensch, der offiziell über die Affäre informiert war. Breit grinsend meinte sie:»Hallo Markus. Bist du endlich wieder im Lande? Du möchtest gar nicht wissen, was ich mir für ein Gejammer ...«.

Azra unterbrach sich, weil ihr Kollege den Kontrollcontainer betrat und sich an den Scanner setzte. Zu verfänglich wäre ihre Aussage. Lachend antwortete Markus: »Ich stelle es mir lebhaft vor. Geht es dir gut? Feierabend in Sicht?«

So passierte es jedes Mal, wenn Azra in der Kontrollstelle war. Waren die Kollegen außer Hörweite, gab es ein kurzes, ernsthaftes Gespräch. Sobald sie nicht alleine waren, beschränkten sie sich auf das freundliche Geplänkel, das genauso zwischen anderen Sicherheitsleuten und ihren Kunden stattfand. Missmutig entgegnete Azra: »Schön wär´s ... der Angelo ist ausgefallen und ich muss ´ne Stunde länger ackern. Den Termin beim Anwalt kann ich jetzt knicken.«

Hinter Markus räusperte sich ein Feuerwehrmann energisch: »Möglich dass Sie Zeit im Überfluss haben, aber es gibt Leute, die einen festen Dienstbeginn haben.«

Markus brummelte eine Entschuldigung und nahm seine Sachen. »Tschö Azra, bis morgen?«

»Tschüss bis übermorgen. Ich habe ausnahmsweise einen Tag extra frei!«

Das Ende der Gerechtigkeit

Wenige Minuten später betrat Markus das Büro. Dort wurde er von finsteren Mienen empfangen. Sein Kollege Franz schimpfte: »Die haben doch jedes Maß verloren!«

»Was ist denn los?«, erkundigte Markus sich.

»Der Toni ist mit einem Joint erwischt worden. Jetzt planen die Irren, das Gesetz zur Abschiebung krimineller Ausländer wegen so einer Bagatelle auf ihn anzuwenden. Wenn der nach Syrien geschickt wird, überlebt er keine Woche!«

Vor einigen Jahren hatte die DDW ein Gesetz verabschiedet, das es ermöglichte, kriminelle Migranten abzuschieben, selbst wenn sie eigentlich unter dem Schutz des Asylrechts ständen. Im Lauf der letzten beiden Jahre war dieses Gesetz aber immer häufiger missbraucht worden, um wegen geringfügiger Delikte Zuwanderer des Landes zu verweisen. Erst zwei Wochen zuvor war eine Frau nach Libyen abgeschoben worden, weil sie eine einzige Briefmarke aus der Portokasse genommen hatte – die sie am folgenden Tag wieder zurückgelegt hatte.

Markus legte die Stirn in Zornesfalten: »Das muss ein Ende haben.«

Franz rammte ihm den Ellbogen in die Seite und zischte: »Schnauze! Der Denunziant ist da!«

Ihr Büronachbar Torben-Finn war ein fanatischer Unterstützer der DDW, der schon mehrfach Kollegen angeschwärzt hatte, die sich kritisch gegen die Partei äußerten. Das hatte jedes Mal zu Beeinträchtigungen für die betreffende Person geführt. Einem waren zum Beispiel steuerfreie Boni gestrichen worden, die der Staat als Belohnung zu gewähren vermochte.

Markus trottete an seinen Platz und griff zum Smartphone. Nachdem er Franz ein Signal gegeben hatte, sein Gerät stumm zu schalten, sendete er dem Kollegen eine Nachricht: ›Wir sollten was unternehmen. Irgendwie muss diese Regierung lieber gestern weg, als heute!‹

Franz schickte den Smiley mit der achselzuckenden Frau zurück: ›Wie stellst du dir das vor? Was können wir schon tun?‹

›Es ist an der Zeit, darüber intensiv nachzudenken. Der Sturz vieler Regierungen hat mit einer kleinen Gruppe unzufriedener Menschen begonnen. Wir leben im Digital-Zeitalter. Da muss irgendwas drin sein!‹

Franz schickte kommentarlos fünfmal das schulterzuckende Smiley zurück. Durch übermäßige Aktivität hatte er sich noch nie ausgezeichnet.

Sein Kollege nahm einen internen Anruf an, bejahte die Aussage seines Gesprächspartners und legte wieder auf. Dann rief er Markus zu: »Wir sollen zu Stephan kommen.«

Die beiden betraten das Büro ihres Juniorchefs Stephan van Grit und wurden aufgefordert, Platz zu nehmen. Wie immer war Elias Fischer ebenfalls anwesend, der zweite Geschäftsführer. Dieser ergriff – gleichermaßen wie meistens – das Wort: »Da in der ganzen Firma inzwischen mindestens sieben Versionen von Tonis Schicksal verbreitet werden, hier die offizielle Lesart. Bitte steuert allem anderen Gerede gegen und unterbindet die Tratscherei so weit wie möglich! Der Senior hat einen guten Anwalt mit der Vertretung von Toni beauftragt. Diesem wurde von den Behörden mitgeteilt, dass Toni mit hundert Gramm diverser Drogen aufgegriffen wurde. Der hingegen beteuert, dass sein Freund ihn gebeten hatte, einen Joint kurz festzuhalten, während er den Schuh neu bindet. Diese Aussage wird von einer Reihe von Zeugen bestätigt. Der Anwalt ist zuversichtlich, dass er die Abschiebung abwendet.«

Stephan beugte sich vor und bedeutete den anderen, es ihm gleichzutun. Dann raunte er: »Ich gehe zwar ein Risiko damit ein, aber ich bin mir eurer Loyalität recht sicher. Ich denke, es muss dringend etwas gegen die DDW unternommen werden. Ich weiß zwar noch nicht, was, aber hätte ich eure Unterstützung? Was lachst du, Franz?«

Anstelle einer Antwort zeigte der sein Telefon mit der Nachricht von Markus. Die anderen fielen in sein Gelächter ein.

»Ich sehe, diese Frage ist beantwortet. Meine Familie steht auf derselben Seite, ebenso zahlreiche Mitglieder des Vereins. Was fehlt, sind Ideen.«

Die gesamte Sippe van Grit waren in der Führung des Karnevalsvereins ›Jröne Krune‹ vertreten (Anmerkung von Eva: Kölner Dialekt für Grüne Kronen). In diesem Verein tummelten sich viele Personen, die in Köln großen Einfluss hatten.

Elias übernahm wieder: »Es bedarf keiner Erwähnung, dass der zweite Teil des Gespräches nie diesen Raum verlässt. Wenn ihr nichts mehr habt, sind wir hier fertig.«

Die beiden Dispatcher nickten und kehrten in ihr Büro zurück. Markus fragte: »Gibt es was Neues zu Toms Tochter?«

Zornig antwortete Franz: »Der Käse ist gegessen. Sie haben den Prozess verloren und Revisionen sind ja nicht mehr zulässig. Das Gesetz zum Schutz des ungeborenen Lebens ist unumstößlich. Selbst Vergewaltigungsopfer dürfen nicht abtreiben. Da hilft sogar das umfangreiche psychologische Gutachten nicht. Sie ist gezwungen, das Kind auszutragen. Dann darf sie es zur Adoption freigeben, wenn sie es nicht zu behalten beabsichtigt.«

»Na großartig. Die arme Iris muss sich neun Monate an ihr Martyrium erinnern lassen und die ganzen Unannehmlichkeiten einer Schwangerschaft auf sich nehmen für ein Kind, das sie nie wollte.«

»Es kommt noch schöner: Bei ihr sind es nicht nur die kleinen Beschwerden wie Übelkeit. Sie hat eine Risikoschwangerschaft und darf bis zur Entbindung im Bett bleiben!«

Das Telefon beendete das Gespräch. Bis zum Ende von Franz Schicht hatten die beiden ein so hohes Arbeitsaufkommen, dass eine Fortsetzung nicht möglich war.

Nachdem endlich alle Arbeit geschafft war, wandte sich Markus an seinen Kollegen Otto: »Ist dein Bruder inzwischen weiter, was sein Studium angeht?«

Der schüttelte betrübt den Kopf: »Mit dem Durchschnitt seines Zwischenzeugnisses wird er nicht zur Eignungsprüfung zugelassen. Ihm fehlt ein lumpiger Punkt, aber mit dem Sportlehrer ist keine Verhandlung drin. Zwei Zentimeter zu wenig beim Weitsprung, ein Zentimeter fehlt beim Hochsprung und der drückt kein Auge zu. Jetzt muss er Vollgas geben, damit sein Abschlusszeugnis gut genug ist. Das Problem ist nur, dass er außer in Sport und Kunst überall die volle Punktzahl hat. Kunst liegt ihm einfach nicht, da wird er keinen reißen können. In Sport haben sie nächstes Halbjahr Basketball. Der ist genauso kurz wie ich, folglich kann er es nur über die Technik schaffen. Ich habe es nur bisher nicht geschafft, ihn zu überreden, in den Verein zu gehen, um die Technik so gut wie möglich zu lernen. Seine Programmierprojekte sind ihm wichtiger. OK, ein Stück weit verstehe ich es – er verdient ordentlich Geld mit den Programmen, die er schon fertig hat. Aber es geht ja um seine Zukunft.«

Markus riss erstaunt die Augen auf. Solche Mengen Text am Stück hatte sein Kollege in dem ganzen Jahr, das er hier arbeitete, nicht von sich gegeben. Im Gegensatz zu dem vierten Dispatcher Thomas Hutmacher. Der konnte zu jedem Thema eine halbstündige Abhandlung aufsagen. Zum Glück hatte der die Frühschicht gehabt und war schon zu Hause, sonst hätte er auch zu dieser Aussage ausführlich Stellung genommen. Markus schaute seinen Kollegen nachdenklich an und meinte: »Vielleicht kannst du ihn ja zu einem Kompromiss überreden. Ich habe während der Schulzeit in der Basketballmannschaft gespielt. Einen Tag pro Woche könnte ich mir freimachen, um ihm das Wichtigste beizubringen.«

Otto riss überrascht die Augen auf: »Das würdest du tun? Du hast doch ohnehin so wenig Freizeit mit den ganzen Back-ups für Thomas und mich!«

»Ach, das geht schon. Thomas meldet sich ja nur, wenn das Schiff zu sinken droht, und du bist auch schon viel selbstständiger. Außerdem hätte ich so ein wenig Ausgleich zum Laufen. Sprich mit ihm und sag Bescheid. Ich mache mal ein paar Minuten Pause.«

»OK, geht klar.«

Dilan war auf geheimnisvollen Wegen an den Schlüssel für eine leer stehende Werkstatt gekommen. Seitdem traf sie sich dort ab und zu in ihren Pausen mit Markus. Vor fünf Minuten hatte sie eine Nachricht geschickt und um ein Treffen gebeten.

Markus schlich sich in das Gebäude. Dort fand er seine Geliebte mit geröteten Augen und triefender Nase vor.
»Was ist passiert?«, fragte er mit entsetzter Miene.
Schluchzend berichtete Dilan: »Die Arschlöcher ... haben Ernst gemacht ... und die Minarette ... einiger Moscheen ... schleifen lassen. Du weißt ja, ... dass mein Bruder ... einer der Imame in der Zentralmoschee ... Ehrenfeld ist. Er ist ... von Trümmern getroffen ...«. Von wilden Schluchzern geschüttelt kam sie nicht umhin, sich zu unterbrechen. Markus nahm sie in den Arm und murmelte beruhigende Worte. Erst nach ein paar Minuten war seine Geliebte in der Lage, fortzusetzen: » ... worden und liegt jetzt auf der Intensivstation.«
Zornesrot antwortete Markus: »Diese verdammten Penner. Die hätten ja wenigstens vorher den Umkreis räumen können. Ich hoffe, Kemal ist nur

wegen schwerer Verletzungen auf Intensiv, nichts Bedrohliches?«

Dilan musste erst wieder mühsam um Fassung ringen, bevor sie zu einer Antwort in der Lage war: »Ein Trümmerteil hat ihn am Kopf getroffen. Es ist zu früh, um zu sagen, ob das bleibende Schäden hinterlässt.«

»Ich wünsche ihm alles Gute und drücke die Daumen! Darfst du wenigstens nach Hause gehen? Du kannst doch in der Verfassung nicht arbeiten!«

Kopfschüttelnd antwortete Dilan: »Zum einen sind wir unterbesetzt. Zum anderen sagt mein Schichtleiter, den Wischtest kann sogar ein dressierter Affe im Halbschlaf richtig durchführen, also kann ich es notfalls heulend. Der ist in der Partei!«

»Was für ein Penner«, knurrte Markus. Während er seine Geliebte aufmunternd drückte, sah er verstohlen auf seine Smartwatch, wo eine Nachricht angezeigt wurde.

»Dreck!«, rief er aus, »tut mir leid, ich muss zurück. Die Kilo Kilo ist kaputt zurückgekommen und wir müssen schnellstmöglich umplanen.«

Dilan sah ihn verständnislos an: »Du willst mich JETZT alleine lassen? Ach kacke, meine Pause ist ja auch gleich vorbei. Danke fürs Zuhören. Sehen wir uns morgen vor dem Dienst?«

»Wenn du nicht lieber deinen Bruder besuchen willst, sehr gerne.«

»Ach, ich gehe von hier direkt ins Krankenhaus und bleibe, bis meine Eltern mich morgen früh ablösen. Danach brauche ich unbedingt deine Nähe!«

Die beiden verabschiedeten sich mit einem langen Kuss und eilten zurück an ihre Arbeitsplätze.

Ärger in der Schule

Zu Markus´ Überraschung war seine Frau noch wach und erwartete ihn im Wohnzimmer. Normalerweise ging sie unmittelbar nach Moritz ins Bett. Mit versteinerter Miene zeigte sie ihrem Mann den Schulplaner, in dem ein roter Brief steckte – das Signal für eine schwerwiegende Nachricht. Er schnappte sich den Zettel und las:

›Ihr Sohn Moritz Hambach wird mit sofortiger Wirkung für vierzehn Tage vom Präsenzunterricht suspendiert. Der Unterricht findet über die App online statt und wird von Herrn Bartschek gegeben. Diese Maßnahme ist erforderlich, weil Moritz im Schulunterricht die Homosexualität als normal und befürwortenswert dargestellt hat. Sie werden aufgefordert, dieses Verhalten innerhalb der Suspendierungszeit zu korrigieren. Wir erinnern daran, dass vonseiten der Regierung nur das traditionelle Familienbild toleriert wird. Eine Hervorhebung der Homosexualität im Unterricht ist sowohl durch Lehrer als auch Schüler strikt untersagt. Senden Sie den unteren Abschnitt per Post oder Mail an die Schule, um Ihre Kenntnisnahme zu bestätigen. Geht die Bestätigung nicht innerhalb der nächsten drei Werktage in der

Schule ein, hat dies weitere Sanktionen zur Folge. Gezeichnet L. Kurz, Schulleiter‹

Seufzend meinte Markus: »Wie ich dich kenne, hast du ihm schon gehörig den Kopf gewaschen?«

Rose nickte: »Das müsstest du bis zum Flughafen gehört haben. Seine Geräte habe ich schon alle konfisziert. Wechseln wir uns bei der Beaufsichtigung ab, damit ich ein wenig Gelegenheit habe, zum Training zu gehen?«

Markus nickte und gab sich dabei die größte Mühe, seinen Frust zu verbergen. Das bedeutete, dass er die nächsten vierzehn Tage deutlich weniger Gelegenheit haben würde, Dilan zu treffen.

»Ja, geht klar. Kannst du morgen übernehmen? Ich bin zum Laufen verabredet.«

Rose verdrehte die Augen. Obwohl sie selber so oft wie möglich Sport machen wollte, hatte sie kein Verständnis für seine drei Laufeinheiten pro Woche. Trotzdem stimmte sie zu.

Dann nörgelte sie: »Ich habe dir doch gesagt, du sollst ihn nicht so viel Zeit mit deinem Bruder verbringen lassen. Die Flausen, dass Homosexualität normal ist, hat der ihm doch garantiert eingeredet – oder warst du das etwa?«

Nun war es an Markus, mit den Augen zu rollen. Er antwortete: »Ich war es sicher nicht. Ich kann zwar nicht allen Aspekten deines Glaubens zustimmen, doch ich respektiere ihn. Das Thema habe ich bisher gar nicht mit ihm angesprochen. Ich kann mir aber nicht vorstellen, dass es von Pascal kommt. Der ist gar nicht offen genug, um mit Moritz über Sexualität zu sprechen. Ich glaube eher, die Quelle ist Moritz Kumpel Serwan. Dessen Bruder ist schwul.«

Rose schnaubte: »Ein Grund mehr, warum ich dieses Kind nicht sympathisch finde – und seine ganze Familie auch nicht.«

Seufzend entgegnete Markus: »Jetzt halt doch mal den Ball flach. Ich habe nur eine VER- MUTUNG ausgesprochen, keine gesicherte Tat- sache. Kann genauso gut von der einen Erziehe- rin im Kindergarten kommen, deren Schwester ist lesbisch. Moritz hatte ja fast die volle Zeit, bevor die Kitas geschlossen wurden.«

Kopfschüttelnd antwortete Rose: »Das würde die nicht wagen. Ist doch im Kindergarten genauso verboten wie in der Schule.«

Markus zuckte mit den Schultern: »Die würde ich aber so einschätzen, dass es ihr relativ egal ist. Sie hat doch auch entgegen der aktuellen Doktrin mehrfach Migration befürwortet und alle Menschen für gleichwertig erklärt. Erinnerst du dich nicht, wie traurig Moritz war, weil sie wegen dieser Aussagen einen Monat suspendiert wurde?«

»Ja, du hast recht. Wie auch immer, wir müssen auf jeden Fall innerhalb der nächsten beiden Wochen in den Kopf von dem Kind hämmern, dass es dieses Thema in der Schule nicht anspricht. Wenn er das noch mal durchzieht, kommt er in ein Erziehungsheim!«

»Nicht, solange ich es verhindern kann«, entgegnete Markus, »wir werden es ihm schon klar machen können!«

Rose hob die Arme zu einer ›Keine Ahnung‹ Geste und verabschiedete sich ins Bett. Wenn ihr ein Thema zu unangenehm wurde, ergriff sie entweder die Flucht oder wurde laut. Die erste Variante war Markus deutlich lieber.

Evas Zwischenbilanz

Bisher ist die Operation zu meiner Zufriedenheit. Keiner von euch zeigt unerwünschte Nebenwirkungen – aber ihr habt ja auch lange genug unter dem Einfluss der Anlage gestanden, um daran gewöhnt zu sein.

Zugegeben, ihr schlaft alle extrem unruhig, was mich aber nicht wundert, bei den Albträumen, die ich euch beschere. Ich hoffe, mein Plan geht auf und ihr werdet nach dem Erwachen alles daran setzen, um dieser Partei gehörig Steine in den Weg zu legen.

Überführt

Markus war froh, dass er schon seit einigen Jahren früh laufen ging, wenn er Spätdienst hatte. So war es nicht ungewöhnlich, dass er bereits um sechs Uhr in Laufkleidung mit einer Tasche das Haus verließ. Wie immer fuhr er zum Stadion, um von dort seine übliche Runde zu laufen. Sein Freund und fester Laufpartner Jonas erwartete ihn schon – was eher anomal war. Mit einem Blick auf Markus Beifahrersitz kommentierte er: »Na, nach dem Laufen wieder ´ne Runde Fremdkuscheln?«

Dem fiel die Kinnlade herunter. Er stammelte: »Äh, wie ... kommst du denn darauf?«

Grinsend entgegnete Jonas: »Wenn du zum Laufen eine Tasche mitbringst, biegst du hinterher rechts anstatt links ab. Außerdem hast du dann meistens bessere Laune, als würdest du dich auf etwas freuen. Dass du dich auf Rose nicht mehr so freust, ist kein Geheimnis.«

Mit einer zarten Röte im Gesicht antwortete Markus: »Erwischt.«

Jonas gab das Startsignal und drückte seine Uhr an. Im Antraben fragte er wissbegierig: »Und? Butter bei die Fische. Kenne ich sie? Erzähl mal.«

Krampfhaft überlegte Markus, wie viel er gewillt war, zu verraten. Doch zu lange hatte er geschwiegen, nun sprudelte es förmlich aus ihm heraus: »Nee, getroffen hast du sie nicht. Aber ich habe doch mal von dieser Kontrollfrau Dilan erzählt ...«

Jonas unterbrach lachend: »Mal? Eher jeden zweiten Lauf!«

Markus setzte fort: »Naja, eigentlich hatte ich das gar nicht so geplant. Irgendwann haben wir mal während der Kontrolle das Quatschen angefangen. Weil der hinter mir genörgelt hat, habe ich spontan gefragt, ob wir das Gespräch nicht nach Feierabend beim Kaffee fortsetzen sollten. Das hat sie scheinbar etwas anders verstanden. Ich habe nach Dienst auf sie gewartet. Sie so, in Uniform wolle sie sicher nicht mit mir Kaffee trinken, ich soll sie erst Heim fahren zum Umziehen. Da hat sie mich aufgefordert, mit nach oben zu kommen, weil sie nicht wollte, dass ich im Kalten auf sie warte. Sie ist im Schlafzimmer verschwunden und eine Minute später in roten Spitzen-Dessous wieder aufgetaucht. Der Rest geht dich nix an. Aber das war der Beginn einer verdammt aufregenden Affäre.«

»Das erklärt, warum du letztens angeblich alleine übers lange Wochenende weg warst.«

»Wieso? Ich war doch mit dir unterwegs! Zumindest, soweit es Rose betrifft.«

Ungläubig schüttelte Jonas den Kopf: »Das hätte aber ins Auge gehen können, wenn ich ihr dann auf der Straße begegnet wäre ...«

»Und wie oft ist das schon passiert in all den Jahren?«

»Du kennst doch die Geschichte mit dem Teufel und dem Eichhörnchen! Wenn du dich schon weigerst, mich vorzustellen, fordere ich zumindest Fotos. Die wird es doch reichlich geben, wie ich dich kenne.«

Markus nickte grinsend und gab zurück: »Nach dem Laufen. Das lenkt zu sehr ab!«

Prustend hielt Jonas an und schimpfte: »Keine Witze beim Training!«

Nach dem Lauf hielt Markus Wort und zeigte Jonas einige der Bilder, die er bei dem heimlichen Wochenendausflug von Dilan geschossen hatte. Die erotischen hatte er zum Glück schon in einen geschützten Ordner verschoben, sodass er ohne Bedenken durch die Galerie wischen konnte. Wie es der Zufall wollte, zeigte das Erste seine Geliebte in einem knappen Bikini. Jonas bekam riesige Augen und japste: »Wow. Wie kommt ein

Honk wie du an so eine Granate? Blätter mal weiter, bevor mein Sabber auf deinen Bildschirm trieft! Hat die eine Schwester?«

Lachend entgegnete Markus: »Sie hat zwei Schwestern. Die eine ist Mitte vierzig, verheiratet und zu üppig für deinen Geschmack. Die andere ist Anfang zwanzig. Und wenn du die auch nur ansiehst, hast du alle Männer ihrer Familie am Hals, die dich nachdrücklich auffordern, das noch mal zu überdenken.«

»Oh Mann! Du hast aber ein Glück. Erst schnappst du dir eine hübsche Asiatin, die auch noch ausgezeichnet kocht und dann als Sahnehäubchen die garantierte Siegerin aller Model-Shows.«

»Es kommt besser«, schoss Markus breit grinsend zurück, »Dilan kocht mindestens genauso bombig - Türkisch!«

»Das gibt es nicht. Wenn du die irgendwann satt-hast, schick sie zu mir«, meinte Jonas.

»Vergiss es«, antwortete Markus postwendend, »ich wäre ja bescheuert. So einen Fang gibt man nicht wieder her!«

Die beiden alberten einige Minuten weiter herum, bevor Markus sich verabschiedete – Dilan würde sicher schon ungeduldig auf ihn warten.

Piratensender Walküre

Auf der Fahrt vom Laufen zu Dilan schaltete Markus den Piratensender Walküre ein. Eine Gruppe von Journalisten hatte vor knapp einem Jahr begonnen, systemkritische Radiosendungen auszustrahlen, die er mit großem Interesse verfolgte. Er hatte Glück, es lief eine Sendung. Die meisten Ausstrahlungen waren aufgemacht wie Interviews, so auch heute. Dabei gaben die Journalisten sich Namen berühmter Widerstandskämpfer des Dritten Reichs.

›Guten Morgen, Herr von Stauffenberg. Sie möchten auf eine große Auffälligkeit aufmerksam machen, was die Umsetzung ihres Parteiprogramms durch die DDW betrifft.‹

›Guten Morgen, Herr von Kleist. Das ist richtig. Ich habe mich schon mehrfach gefragt, ob es niemandem außer mir aufgefallen ist, dass die DDW einen Punkt ihres Manifests nach dem anderen als Gesetz durchboxt. Alle, bis auf zwei wesentliche. Gleich an zweiter Stelle steht die Beteiligung des Volkes an jeglichen wichtigen Gesetzesänderungen. Wurden Sie nur einmal zu einer Volksabstimmung aufgerufen?‹

›Das ist zwar offensichtlich eine rhetorische Frage, aber ich beantworte sie trotzdem: Nein, wurde ich

nicht. Mir ist dieser Punkt jedoch auch schon aufgefallen!‹

›Nun, ich fordere die DDW hiermit auf, diesen
Mangel unverzüglich zu beheben. Ich verlange, ab
sofort zu allen wesentlichen Änderungen oder
Neueinführungen von Gesetzen befragt werden.‹

›Diese Forderung unterstütze ich voll und ganz.
Ich bin nur leider felsenfest davon überzeugt, dass
ihr niemals nachgekommen wird. Viele unpopuläre
Vorschriften wären nie in Kraft getreten, hätte das
Volk darüber abstimmen dürfen. Sie sprachen
aber eingangs von zwei Punkten.‹

›von Stauffenberg‹ räusperte sich: ›Prominent an
erster Stelle eines älteren Parteiprogramms
moniert die DDW, dass Deutschland von einem
Kartell von Berufspolitikern regiert wird. Deren
höchste Interessen seien ihre eigene Macht,
Status und Wohlergehen. Dieser Punkt ist die
Ursache für die Forderung nach Volksentschei-
den. Nun frage ich Sie, Herr von Kleist, welchen
Nimbus die regierenden Politiker der DDW
haben!‹

›Auch hier handelt es sich offenbar um eine rhetorische Frage‹, entgegnete der Angesprochene, ›es
sind ausschließlich Berufspolitiker, die sich regelmäßig Diätenerhöhungen in einer Höhe gönnen,

über die keiner der früheren Politiker im Traum nachgedacht hätte.‹

Markus hatte sein Ziel erreicht und schaltete den Motor – und damit ebenso das Radio – ab.

Frust

Kaum war Markus durch die Wohnungstür getreten, flog Dilan ihm schon in die Arme. Ihrem Zustand zufolge war sie erst vor wenigen Minuten aus dem Krankenhaus nach Hause gekommen. Die normalerweise makellose Kleidung war zerknittert und ihre Haare hingen in wilden Strähnen aus dem Dutt. Unter ihren verheulten Augen waren Ringe, die durch das verschmierte Make-up noch dunkler wirkten. Ihr blumiges Parfüm wurde vom typischen Krankenhausgeruch überdeckt.
»Wie geht es deinem Bruder?«, fragte Markus.
»Er liegt weiterhin im Koma, aber die Schwellungen sind schon zurückgegangen. Wenn es so weiter geht, können sie morgen ein MRT erstellen. Dann erfahren wir, ob er mit einem blauen Auge davon kommt oder bleibende Schäden entstanden sind«, antwortete Dilan mit wackliger Stimme.
Sie ließ sich widerspruchslos zum Sofa dirigieren und kuschelte sich tief in die Arme ihres Geliebten. »Mir ist heute nicht ...«, begann sie, doch Markus unterbrach sie sanft:
»Canım, du brauchst nichts zu sagen. Das verstehe ich voll und ganz. Lass dich einfach von mir halten. Soll ich dir einen Kaffee zapfen? Oder

Frühstück? Du hast bestimmt noch nichts gehabt?«

»Stimmt, aber ich habe keinen großen Appetit. Ein riesiger, extra starker Kaffee und ein Simit mit Käse wäre toll. Lass dir nur nicht zu viel Zeit, ich brauche deine Nähe!«

Markus nickte zustimmend und schlappte in die Küche. Scheinbar hatte Dilan in dem Moment Kaffee zubereiten wollen, als er kam. Der Vollautomat war schon aufgeheizt. Er halbierte einen Sesamkringel und warf ihn in den Toaster. Während das Gebäck geröstet wurde und der Kaffee durchlief, machte er sich am Kühlschrank zu schaffen. Da die Affäre schon etwas über zwei Jahre bestand, kannte er ihre Vorlieben bestens. Deshalb legte er nicht nur den Simit mit Käse auf den Teller, sondern zusätzlich Gurkenscheiben, Tomate und Oliven. Das durfte für sie bei keinem Frühstück fehlen. Schnell ließ er einen weiteren Kaffee für sich brühen, während er die erste Tasse und den Teller ins Wohnzimmer brachte. Dilan schaute auf: »Ach, du bist ein Schatz, an das Gemüse zu denken.«

»Ein bisschen kenne ich dich halt.«

»Nicht nur ein bisschen, und das ist gut und schön!«

Markus flitzte schnell in die Küche, um seinen Kaffee zu holen, dann kehrte er auf das Sofa zurück. Der Hunger war scheinbar größer gewesen, als gedacht, der Teller war schon fast leer. Er lachte: »Na, der Kohldampf hat über den mangelnden Appetit gesiegt? Nachschlag?«

Kauend nickte Dilan. Sie schluckte den letzten Bissen herunter und antwortete: »Ja, gerne. Macht es dir was aus, mir Menemem zu machen? Und ein weiteres Simit ohne alles dazu?«

Es gab zahllose Arten der Zubereitung von Rührei auf türkische Art, aber zum Glück kannte er ihre Lieblingsvariante auswendig. Nickend drückte er ihre Hand, nahm den inzwischen geleerten Teller und seine Tasse und schlenderte wieder in die Küche. Er würfelte Paprika und Tomaten und schlug die Eier auf. Erst dünstete er die Paprikastücke für eine Weile, dann gab er die Tomatenwürfel dazu und ließ alles eine Zeit lang bei niedriger Hitze köcheln. Als Nächstes kamen die verquirlten Eier hinzu und das ganze wurde gerührt, bis das Ei gestockt war. Anschließend gab er erneut etwas Butter in die Pfanne und röstete das Simit mit der Restwärme. Er dekorierte das Ganze mit einer Rosenblüte aus Tomatenschale und servierte es. Dilans trübe Miene hellte sich kurz ein wenig auf: »Du bist der Beste. Nicht nur perfekt so, wie ich es mag, sondern zusätzlich liebevoll dekoriert. Dich gebe ich nie wieder her!«

»Das Auge isst mit«, entgegnete Markus grinsend, »und das trifft sich ausgezeichnet, ich hatte ebenso wenig vor, dich herzugeben.«

Dilan schaute ihn fragend an: »Dein Tonfall klingt irgendwie nach einem ›aber‹«.

Markus seufzte. Sie kannte ihn zu gut – und früher oder später musste er die Nachricht ohnehin überbringen: »Die nächsten zwei Wochen werden wir uns leider nicht so häufig sehen können. Moritz ist von der Schule suspendiert und Rose fordert, dass wir uns seine Betreuung teilen, damit sie auch noch etwas Freizeit hat.«

»Verstehe ich, obwohl es mir nicht gefällt«, entgegnete Dilan, »was hat er denn angestellt? Eine Suspendierung ist ja doch eine härtere Strafe.«

»Er hat im Unterricht Homosexualität als normal dargestellt.«

»Autsch! Hast du ihm nicht beigebracht, dass er zwar recht hat, das aber unbedingt in der Öffentlichkeit für sich behalten muss?«

»Er hat es vergessen, sagt er«, grummelte Markus, »aber ich glaube, das vollständige Verbot aller Elektronik, das Mama ausgesprochen hat, wird dafür sorgen, dass er es nie wieder vergisst. Darüber hinaus hat er Fernunterricht beim fiesesten Möpp der ganzen Schule!«

Dilan prustete los: »Möpp? Was ist denn das für ein Wort?«

»Kölner Dialekt. Möpp alleine bedeutet Hund, fieser Möpp beschreibt normalerweise einen widerlichen Menschen.«

»Danke für die Aufheiterung. Bei Gelegenheit musst du mir unbedingt mehr von diesem Dialekt beibringen, der ist ja ZU komisch.«

Lachend entgegnete Markus: »Das ist gar nichts. Aber erzähl mal, hat sich die Polizei seit gestern schon bei euch gemeldet?«

Dilans Miene verfinsterte sich so rapide wieder, wie sie sich eben aufgehellt hatte. »Haben sie. Alle Täter sind in Untersuchungshaft, aber es ist zu befürchten, dass sie schnell wieder frei kommen. Alle kennen hochrangige Parteimitglieder. Und du weißt ja, dass der kölsche Klüngel (Anmerkung von Eva: Eine Hand wäscht die andere - Geschäfte auf kölsche Art) seit Machtantritt der DDW noch schlimmer geworden ist. Wahrscheinlich wird der letzte bis heute Abend seine Zelle verlassen haben. Aber ...«

»Oje, dieses ›aber‹ kenne ich«, meine Markus missbilligend, »ich hoffe, es bedeutet dieses Mal nicht, dass deine männlichen Angehörigen die Bestrafung selbst in die Hand nehmen werden!«
Ertappt schaute Dilan auf: »Was denn? Nur ein paar Wochen Krankenhaus für jeden der Täter, nichts schlimmes!«
»Körperverletzung nennst du ›nichts schlimmes‹? Meinst du nicht, dass das automatisch auf euch zurückfällt?«
Entrüstet schnaubte sie: »Hältst du uns für dumm? Baba hat mit den Angehörigen der anderen Verletzten gesprochen. Der Sohn vom obersten Imam ist auch auf Intensiv. Der wird deutsche Linksradikale bezahlen, die diese Schweine aufmischen. Das fällt nicht auf uns zurück!«
Markus schüttelte tadelnd den Kopf: »Möglich, dass ich in eurer Situation ähnlich handeln würde, aber gut finde ich es nicht. Schon mal von ›Gewalt ist keine Lösung‹ gehört?«
»Ja, habe ich«, fauchte Dilan, »aber wer hat denn angefangen? Die Schweine hätten doch nur vor der Aktion dafür sorgen müssen, dass alle in Sicherheit sind!«
Nach einer kurzen Pause fuhr sie sanft fort: »Entschuldige, ich wollte dich nicht so anfahren.«

Markus streichelte ihr über den Kopf und antwortete: »Mach dir keine Gedanken. Du bist einfach drüber. Die beschissene Situation, übermüdet und ich mache einen auf Klugscheißer ... und Klugscheißer. ...«

»... kann bekanntlich keiner leiden!«, fiel Dilan ihm ins Wort, »jetzt halt den Mund und küss mich!«

Die beiden küssten sich eine Weile, dann sanken sie eng umschlungen auf das Sofa. Wenige Minuten später schlief sie tief und fest.

Mühelos hob Markus sie hoch und trug seine Geliebte ins Bett. Vorsichtig, um sie auf keinen Fall zu wecken, zog er sie aus. Eine Weile ließ er genießerisch den Blick über den schlanken, hochgewachsenen Körper mit den kleinen, festen Brüsten gleiten. Als er sie anhob, um ihr das Shirt anzuziehen, in dem sie am liebsten schlief, krallte sie eine Hand in seinen Nacken und zog ihn herunter.

»Gefällt dir, was du so ausgiebig betrachtet hast?«, raunte sie und fuhr mit ihrer Hand zwischen seine Beine.

»Ah ja, es gefällt dir ganz eindeutig. Los, zieh dich aus, jetzt möchte ich doch mit dir schlafen!«

Der Aufforderung kam er nur zu gerne nach.

Knapp eine Stunde später war Dilan erschöpft auf ihm zusammen gesunken und fast unverzüglich eingeschlafen. Sanft schob er sie von sich herunter, zog ihr Shirt und Slip an und deckte sie zu. Dann schnappte er sich ein Buch und setzte sich in den großen Ohrensessel neben dem Bett. Bis er in zwei Stunden zum Dienst aufbrechen musste, wollte er seiner Geliebten auf keinen Fall von der Seite weichen.

In dem Moment, als er den Blick von der Uhr abwendete und missmutig feststellte, dass er sich bald aufmachen musste, schlug Dilan die Augen auf: »Oh, du bist geblieben, wie schön!«, murmelte sie schläfrig.

»Was denkst denn du? Hätte ja sein können, dass du viel früher wieder aufwachst und mich noch mal vernaschen willst.«, alberte Markus.

Dilan zog seinen linken Arm in ihr Blickfeld und schaute auf seine Uhr. Sie brummte: »Am Plan scheitert es nicht, aber nach einem Quickie ist mir nicht und für mehr hättest du keine Zeit. Nimm mich ein letztes Mal fest in den Arm. Und es wäre lieb, wenn du mir eine Flasche Wasser bringst, bevor du gehst.«

»Mache ich gerne. Musst du heute nicht ran?«

»Nein, der Schichtleiter heute ist auch türkischer Abstammung und hat Verständnis. Der hat mich ein paar Minuten, bevor du kamst, angerufen und gesagt, ich soll es nicht wagen, mich am Flughafen blicken zu lassen. Ich gehöre in dieser Lage zu meinem Bruder.«

Erleichtert schnalzte Markus mir der Zunge: »Das ist ja großes Glück. Ist das der kleine mit der Glatze?«

Dilan nickte: »Ja, der Şahin ist schon klasse!«

Markus holte schnell das Wasser und verabschiedete sich dann widerstrebend mit einem langen Kuss.

Kein Datenschutz für Straftäter

Auf dem Weg zur Arbeit sah Markus aus dem Augenwinkel auf einer digitalen Anzeigetafel eine Nachricht aufblinken: ›Kein Datenschutz für Straftäter. Schalten Sie 106,66 ein für mehr Informationen!‹

Den staatlichen Nachrichtenkanal hatte nahezu jeder Bürger in seinem Radio gespeichert. Hier wurden Benachrichtigungen zu Gesetzesänderungen und Einführung neuer Gesetze zuerst verbreitet und es war wichtig, sie sofort zu kennen. Die DDW verfuhr strikt nach dem Grundsatz ›Unwissenheit schützt vor Strafe nicht‹. Jeder Bürger hatte die Möglichkeit, sich über den Sender zu informieren. Wer dies nicht nutzte, war selber schuld.

Er wechselte die Station, um gerade noch die letzten Worte zu hören: › ... nach zwei Musiktiteln wird die Information wiederholt. Bleiben Sie dran!‹

Markus zeigte dem Radio den Mittelfinger. Das bedeutete, dass er vor der Kontrolle warten musste, bis die Nachricht durch war. Das wiederum könnte zur Folge haben, dass er in die Stoßzeit zum Schichtwechsel kam und sich verspäten würde. Es war jedoch unumgänglich. Die Informationen wurden nur von sieben bis neunzehn Uhr ausgestrahlt. Da sein Chef Radio am Arbeitsplatz nicht tolerierte, würde er sie nicht hören können und nicht immer wurde die gleichen Sachverhalte an zwei aufeinander folgenden Tagen gesendet.

Endlich war das zweite Lied vorbei und der Sprecher meldete sich erneut: ›Geehrte Hörer, willkommen zurück. Heute wurde ein Gesetz verabschiedet, das potenziellen Tätern und Kriminellen jeden Anspruch auf Datenschutz abspricht. Sobald der Verdacht gegen eine Person besteht, erhalten die Sicherheitsbehörden vollen Zugriff auf alle Daten. Dies beinhaltet auch die Offenlegung jeglicher elektronischer Kommunikation. Überführte und verurteilte Straftäter werden zukünftig öffentlich auf den behördlichen Anzeigetafeln präsentiert. Dabei wird der volle Name ausgeschrieben, das Foto wird nicht unkenntlich gemacht. Nachdem ein Straftäter seine Haftstrafe verbüßt hat, wird seine zukünftige Nachbarschaft über seinen Zuzug informiert. Das Recht des Bürgers auf Sicherheit ist höher zu bewerten, als das eines Verbrechers auf informationelle Selbstbestimmung.‹

Angewidert schaltete Markus das Radio ab.

Beginn der Verschwörung

Kaum hatte Markus seine Sachen abgestellt und sich gesetzt, hörte er, wie Franz ins Telefon sagte: »Er ist da, treffen wir uns sofort?«

Er legte auf und rief: »Los, Markus. Wir sollen zu Stephan kommen!«

In dessen Büro fanden sie zusätzlich zu dem immer präsenten Elias den Senior vor. Der erhob sich kurz und deutete auf die freien Stühle. Er räusperte sich und eröffnete das Gespräch: »Herr Hambach, Herr Schmied, mein Sohn hat mich informiert, dass Sie unsere Auffassung teilen, dass ein schnellstmöglicher Sturz der DDW unabdingbar ist. Wie Sie gestern erfahren haben, sind die meisten Mitglieder der ›Jröne Krune‹ der gleichen Meinung. Der Vorstand ist schon seit über einem Jahr mit der Problematik befasst. Bitte geben Sie mir ihre Diensthandys. Sie bekommen neue, die nach jetzigem Stand der Technik absolut sicher sind. Sie sind nicht abhörbar. Wir haben einen eigenen Messenger entwickelt, der darauf installiert ist. Die Verschlüsselung der Nachrichten zu knacken, würde etwa zweihundert Jahre dauern. Für den Moment sind nur die Kontakt-daten der in diesem Raum anwesenden in dem gesicherten Telefonbuch gespeichert. Kommunikation findet ausschließlich über diese Geräte statt. Treffen zwischen werden auf ein absolutes Minimum beschränkt. Ein Austausch zwischen einer größeren Gruppe von Mitgliedern hat über unsere Video-App stattzufinden. Bitte tragen Sie ab sofort sämtliche Ideen, seien sie noch so absurd, in das Notizprogramm ein. Es wird hoch verschlüsselt über unseren eigenen Server im Keller unserer Räumlichkeiten synchronisiert.«

›Reichlich Text für den Alten‹, dachte Markus, ›so lang sind doch sonst nur seine Reden auf Feiern.‹

Elias beugte sich vor: »Fragen?«

Franz runzelte die Stirn: »Wie ist es nach außen plausibel zu begründen, dass wir neue Handys bekommen haben, wo doch so ein strikter Sparkurs verordnet ist?«

»Berechtigter Einwand«, antwortete Stephan, »unser gesamtes Netz wird demnächst umgestellt und mit den alten Geräten wärt ihr nicht mehr rein gekommen.«

Franz und Markus gaben das Daumen hoch Signal. Der Senior entließ sie mit einem Nicken.

»Hui«, begann Franz auf dem Gang, wurde aber durch einen Rempler von Markus gestoppt. Die Wände hatten Ohren und nicht alle wären auf der

Seite von Umstürzlern. Beleidigt meinte er: »Alles, was ich zu sagen hatte, war, dass der Senior nur selten solche Mengen Text absondert.«

»Genau mein Gedanke,«, antwortete Markus, »allenfalls bei Reden auf Feiern.«

Da sie keine Weiteren, möglicherweise verfänglichen, Aussagen treffen wollte, leitete Franz schon die Übergabe zum Schichtwechsel ein.

Bedrängnis

Halbwegs ausgeruht verließ Dilan am frühen Nachmittag ihre Wohnung, um ins Krankenhaus zu fahren. Solange sie nicht sicher war, dass ihr Bruder vollständig genesen würde, fände sie keine Ruhe, etwas anderes zu unternehmen. Da es noch hell war, hatte sie nur geringe Bedenken, die Abkürzung durch die schmale Gasse zu nehmen. Als sie die Mitte der Passage erreicht hatte, traten am anderen Ende zwei Kleiderschränke in dunkelgrünen Anzügen in den Weg. Hastig drehte sie sich um, doch auf dieser Seite wurde ihr der Weg ebenfalls versperrt. Hier standen gleichermaßen zwei massive Männer in derselben Kleidung. Das war das Markenzeichen der extremistischen Anhänger der DDW. Bedrohlich kamen alle vier Kerle langsam näher. Der weißblonde begann, sie zu schmähen: »Na, kleine Kanackenbraut, wo ist denn dein Kopftuch? Verstehst du überhaupt Deutsch?«

Sein Nebenmann fiel ein: »Guck mal, diese riesigen Ohrringe aus Gold sind bestimmt gestohlen.«

Von der anderen Seite der Gasse beteiligten sich die beiden anderen ebenfalls: »Du hast zu wenig Parfüm genommen, man riecht den Knoblauch zehn Meter gegen den Wind!«

»Für eine Kanackenbraut bist du aber ganz schön ansehnlich. Komm doch mal zu dem lieben Onkel rüber. Ich wollte schon immer mal eine wie dich befummeln. Mal sehen, ob sich das anders anfühlt, als bei einer rechtschaffenen Deutschen.«

Dilan fluchte innerlich. Die Beschimpfungen hatten sie zu sehr abgelenkt und die vier waren ihr inzwischen zu nahe gekommen. Sie würde nur einen erschießen können, bevor die anderen sie überwältigt hätten. Trotzdem zog sie die Waffe. Vielleicht würde es die Männer genug einschüchtern.

Blondi lachte laut auf: »Seht mal Leute, wo will denn die riesige Kanone mit der kleinen Frau hin?«

Schneller, als man es einem Mann seiner Statur zugetraut hatte, sprang er zu Dilan, legte einen Arm um ihre Kehle und entwand ihr die Waffe. Er steckte sie in seinen Hosenbund, dann begann er, auf ihren Körper zu boxen. Die anderen Männer kamen näher und beteiligten sich mit Hieben. Einer riss ihr die Bluse auf, um mit der flachen Hand auf ihre Brüste zu schlagen. Als Dilan eine Faust auf ihr Gesicht zufliegen sah, ließ sie sich blitzschnell zu Boden fallen. Das schützte zwar vorerst ihr Antlitz, war aber dennoch ein Fehler. Umgehend steckte sie die ersten Tritte ein.

In diesem Moment erklang das scharfe Ratschen einer Pumpgun, die geladen wird und ein Mann rief: »Dilan, unten bleiben. Ihr Penner, drei Schritte von der Frau weg und Rücken zu mir!«

Angesichts einer so gefährlichen Waffe waren die vier gar nicht mehr so mutig. Eilig kamen sie der Aufforderung nach. Begleitet von einem metallischen Scheppern rief die Stimme: »Dilan, steh auf. Dann nimm die Handschellen und fessele die Kackbratzen aneinander.«

Dilan befolgte die Anweisungen. Danach wollte sie ihren Retter in Augenschein nehmen und drehte sich um. »Du bist das«, rief sie.

Sie wollte in Hörweite ihrer Angreifer keinen Namen nennen.

»Ja, ich bin das. Musst du dich denn immer wieder in Schwierigkeiten bringen, Kleine?«, antwortete ihr Cousin Hassan Demir.

Langsam trottete er auf die vier Männer zu. Er rammte Blondi die Waffe zwischen die Schulterblätter und raunte: »Wenn ihr den Kopf auf den Schultern behalten wollt, stellt eure Füße schulterbreit auseinander.«

Nachdem die Anweisung befolgt worden war, wandte er sich an Dilan: »Du weißt, was zu tun ist!«

Die nickte und gab ihm ihre Handtasche. Dann trat sie jedem der vier Männer mehrfach so kräftig in die Genitalien, wie es ihr nur möglich war. Aufschreiend fielen die zu Boden und wälzten sich stöhnend hin und her. Hassan war nicht zufrieden. Er trat jedem der Männer ein weiteres Mal mit Schwung zwischen die Beine. Dann gab er Dilan seine Waffe und holte ein Feuerzeug und einen seltsamen Metallgegenstand aus der Tasche. Seine Cousine sah ihn entsetzt an: »Das willst du nicht wirklich machen!«

»Das wirst du schon sehen!«, gab er grimmig zurück.

Er erhitzte das Metall so lange über dem Sturmfeuerzeug, bis es rot glühte. Dann presste er es jedem der Männer anhaltend auf die Stirn. Schreiend vor Schmerzen wanden die sich auf dem Boden. Als einer einen Augenblick ruhig liegen blieb, konnte Dilan auf der Stirn das Wort ›Schläger‹ lesen. Dann folgte sie der Aufforderung ihres Cousins, die Beine in die Hand zu nehmen. Gemeinsam flohen sie aus der Gasse und eilten zu Dilan, die sich umziehen musste. Die Bluse war ein Totalschaden.

In der Wohnung angekommen, sank sie Hassan schluchzend in die Arme.

»Danke«, stammelte sie, »du hast mich gerettet. Das kann ich niemals wiedergutmachen.«

»Doch«, gab der grimmig zurück, »erstens, du gehst nie wieder diesen Weg, wie ich es dir schon ungefähr hundert Mal gesagt habe und zweitens, du servierst mir einen extra starken Kaffee, wenn du dich umgezogen hast. Du hast zwar schöne Brüste, aber es ist nicht angemessen, dass ich sie betrachte.«

Dilan gab ihm einen spielerischen Klaps auf die Brust und antwortete; »Ich verspreche, dass ich nie wieder einen Fuß in die Gasse setzen werde und dass du gleich den besten Kaffee deines Lebens bekommst.«

Während draußen zahlreiche Martinshörner immer näher kamen, hetzte Dilan ins Schlafzimmer. Sie hatte das dringende Bedürfnis, sich nicht nur umzuziehen, sondern auch ausgiebig zu duschen. Nicht nur den Dreck der Straße, auf der sie gelegen hatte, wollte sie abwaschen, ebenfalls den der fremden Hände.

Eine halbe Stunde später kam sie zurück ins Wohnzimmer. Hassan meinte: »Da du dir so viel Zeit gelassen hast, war ich so frei, mir selber einen Kaffee zu holen. Der schmeckt großartig, was ist das für einer?«

»Das ist Kaffee von der Insel Java. Habe ich bei dieser Rösterei in Ehrenfeld gekauft.«

»Was immer der gekostet hat, er ist jeden Cent wert!«

Dilan lachte kurz auf, wurde aber schnell wieder ernst. Sie sah ihren Cousin fragend an: »War das nicht riskant, die Kerle zu brandmarken?«

Der schüttelte den Kopf: »Falls du es in der Aufregung nicht gesehen hast, ich habe bis zum Verlassen der Gasse eine Maske getragen!«

»Und was, wenn jemand gekommen wäre?«

Hassan entgegnete breit grinsend: »Als ich um die Ecke kam und dich in Bedrängnis sah, habe ich Ahmed angerufen, der weitere Anrufe abgesetzt hat. An jedem Ende der Gasse standen vier Türken mit Pumpguns. Keine Maus rein, keine raus. Und wären wir nicht alleine klar gekommen, hätten die geholfen, die Drecksäcke fertigzumachen.«

Mit staunend aufgerissenen Augen fragte Dilan: »Warum warst du überhaupt in der Gegend? Ist doch normalerweise gar nicht dein Revier.«

»Du hast es scheinbar in der ganzen Aufregung vergessen. Gestern Abend im Krankenhaus haben wir besprochen, dass ich dich heute abhole und wir gemeinsam zu Kemal fahren. Als du nicht aufgemacht hast, habe ich mich umgesehen und gerade noch gesehen, wie du in die Gasse bist. Als ich dann die zwei Anzugmänner sah, habe ich schnell die Bleipumpe aus dem Wagen geholt und telefoniert.«

Dilan hieb sich die flache Hand gegen die Stirn: »Ja, stimmt, ich erinnere mich dunkel. Noch mal vielen Dank für die Rettung. Fahren wir jetzt zu Kemal?«

Hassan nickte zustimmend und kippte schnell seinen restlichen Kaffe herunter. Dann traten sie den Weg ins Krankenhaus an.

Der Fernunterricht

Nach dem Frühstück schlichen Markus und Moritz unmotiviert ins Arbeitszimmer, um sich zum Fernunterricht anzumelden. Die Richtlinien der Schule schrieben die Anwesenheit eines Erziehungsberechtigten für die gesamte Unterrichtsdauer vor. Moritz, der schon früh den Umgang mit technischen Geräten gelernt hatte, schaltete den Laptop ein. Nachdem der fertig hochgefahren war, meldete er sich an der Software der Schule an.

Die DDW hatte schon im ersten Jahr ihrer Regierungszeit ein Gesetz verabschiedet, das vorsah, die gesamte elektronische Landschaft Deutschlands auf sicherer, offener Soft- und Hardware aufzubauen. Das neue, gigantische Ministerium für digitale Infrastruktur MdI lieferte ein modifiziertes Linux und sämtliche Programme, die man benötigte. So hatten die Schulen nach einiger Zeit eigene Anwendungen für den Fernunterricht erhalten. Nur die Smartphones und Tablets liefen weiterhin mit denselben kommerziellen Systemen wie bisher. Bislang hatten andere Programme höhere Priorität gehabt. Das hatte zur Folge, dass insbesondere Systemkritiker so viel wie möglich mit diesen Geräten arbeiteten und die von der Regierung kontrollierten weitestgehend mieden.

Zu naheliegend war der Verdacht, dass in die vom MdI bereitgestellten Applikationen Hintertüren zur Spionage und Überwachung eingebaut sein könnten.

Exakt in der Sekunde, in der die Uhr auf acht sprang, erschien das harte, kantige Gesicht von Adolf Bartschek, dem stellvertretenden Schulleiter, der die nächsten vierzehn Tage für den Fernunterricht verantwortlich war. Seine ausdruckslosen, grauen Augen musterten Moritz. Der ergraute Schnurrbart war intensiv gewachst und an den Enden nach oben gezwirbelt. Die lichten, silbrigen Haare waren von einer Seite über die langsam kahl werdenden Stellen zur anderen gelegt und offenbar mit Unmengen Gel oder Haarspray fixiert. Der Mann lehnte sich vor, als könnte er so tiefer in den Raum vor ihm schauen und eröffnete die Sitzung: »Guten Morgen, Herr Hambach, guten Morgen Moritz. Ist dir der Grund deiner Suspendierung bewusst?«

Der Junge unterdrückte mit großer Anstrengung den Drang, mit den Augen zu rollen. Das hätte eine scharfe Maßregelung zur Folge. Die gleiche Einleitung hatte er am Vortag schon über sich ergehen lassen. Er antwortete: »Ja, Herr Bartschek. Es war falsch von mir, Homosexualität als normal und tolerabel zu bezeichnen.«

»Diese Aussage an sich war schon nicht akzeptabel. Die allein hätten wir mit Strafarbeit geahndet. Die Suspendierung war erforderlich, weil du mehrfach deinem Lehrer widersprochen hast, nachdem er dich bereits zurechtgewiesen hatte!«, ranzte Bartschek ihn an.

Markus räusperte sich, in der Hoffnung, der Mann würde den Hinweis verstehen. Doch der fuhr im gleichen Tonfall fort: »Diese Aufsässigkeit in Verbindung mit der Äußerung streng sanktionierter Sachverhalte wird nicht toleriert.«

An dieser Stelle wurde es Markus zu bunt. Er trat vor, sodass er unmittelbar hinter seinem Spross im Sichtfeld der Kamera erschien und sagte: »Herr Bartschek, ich möchte sehr darum bitten, sich meinem Sohn gegenüber nicht derart im Ton zu vergreifen. Gegen eine gewisse Strenge ist nichts einzuwenden, aber so harsch und in der Lautstärke ist nicht akzeptabel.«

Der Lehrer rief tomatenrot an und zischte: »Herr Hambach, ich verbitte mir jegliche Einmischung in meinen Unterricht oder Kritik an den Methoden.«

Nun erhob Markus ein wenig die Stimme: »Solange die Vorgehensweise angemessen ist, können Sie sich darauf verlassen, von mir nichts zu sehen oder zu hören. Aber wenn Sie auf diese Art weitermachen, werde ich Herrn Kurz um Ihre Ablösung ersuchen!«

Herr Bartschek sah aus, als würde ihm wie einer Figur in einem Cartoon Dampf aus Nase und Ohren quellen. Mühsam beherrscht entgegnete er: »So etwas habe ich noch nie erlebt. Ich werde mit Herrn Kurz besprechen, dass er Sie zeitnah zu einem Elterngespräch einbestellt. Das Konzept des Fernunterrichts sieht vor, dass der Erziehungsberechtigte sich im Hintergrund hält und nur auf Anforderung durch den Lehrer tätig wird. Sie sind nur dazu anwesend, um Ihr Kind zu maßregeln, wenn es die Anweisungen missachtet.«

Markus schnaubte verächtlich, schluckte jedoch seinen bissigen Kommentar herunter. Er wollte seinem Sohn nicht noch mehr Schwierigkeiten bereiten. Nach tiefem Durchatmen gab er zurück: »Ich bin gerne zu einem Gespräch mit Herrn Kurz bereit. Wenn Sie einverstanden sind, werde ich mich wieder in den Hintergrund zurückziehen, damit Sie den Unterricht«, die letzten beiden Worte betonte er nachdrücklich, »fortsetzen können.«

Bartschek zog zwar missbilligend die buschigen Augenbrauen hoch, kommentierte die Betonung aber nicht weiter. Er wandte sich wieder Moritz zu: »Wir fangen mit Rechnen an. Starte das Programm und rufe Kapitel drei auf. Dort bearbeitest du die Aufgaben zwei bis fünf. Wenn du fertig bist, läute die Glocke, dann komme ich zurück an den Bildschirm.«

Der Junge folgte den Anweisungen und begann, zu rechnen. Das lag ihm, deshalb war er halbwegs motiviert. Markus grauste schon vor den Schreib- und Leseübungen, die sein Sohn hasste.

Pause

Pünktlich Viertel vor zehn erschien das Gesicht des Lehrers auf dem Bildschirm und er sagte: »Du warst heute ungewöhnlich fleißig. Daher hast du dir die Pause verdient. Wir sehen uns in einer halben Stunde wieder.«

Das Videofenster wurde schwarz, doch Markus war nicht sicher, ob die Verbindung weiterhin bestand und Bartschek mithören konnte. Deshalb legte er ein Tuch über die Kamera und schaltete das Mikrofon stumm. Erst dann sagte er: »Himmel hilf! Was ist denn DAS für ein Stinkstiefel? Ist der immer so?«

Moritz verdrehte die Augen: »Hörst du mir eigentlich nie zu, wenn ich was aus der Schule erzähle?«

»Doch, aber ich erinnere mich nicht, dass du DEN erwähnt hättest«, entgegnete Markus.

Sein Sohn zuckte mit den Achseln: »Dann habe ich da möglicherweise mit Mama drüber gesprochen. Das ist gar nichts. Du solltest den mal erleben, wenn der die Hofaufsicht macht. Dann ist der noch dunkler rot, als eben und schreit, dass man ihn bis Australien hört.«

Markus lachte: »Du und deine Übertreibungen. Das ist ja schrecklich. Wer hat dem bloß gesagt, dass er Lehrer werden soll. Und wie ist dein Lehrer? Wie heißt der noch gleich? Wingen?«

»Papaaaaaa«, meckerte Moritz, »erst letzte Woche habe ich dir erzählt, dass Herr Wingen sehr lange krank sein wird und wir deshalb Herrn Klasmüller als neuen Klassenlehrer bekommen haben. Außerdem war ein Elternbrief im Schulplaner. Ich habe ihn jetzt erst drei Tage gehabt. Er scheint ganz OK, aber es ist zu früh für ein Urteil. Auf jeden Fall nett genug, dass er so lange den Kurz belabert hat, bis der mir nur zwei statt vier Wochen Fernunterricht aufgedrückt hat.«

»Das klingt in der Tat nett«, stimmte Markus zu, »jetzt aber ab in die Küche, damit du vor Ende der Pause Zeit für dein zweites Frühstück hast!«

Weil sein Handy klingelte, rief Markus seinem Sohn hinterher: »Ich komme in zwei Minuten nach. Hol schon mal Brot, Wurst und Margarine!«
Dann beantwortete er den Anruf. Dilan sagte: »Schaffst du es, zwischen eurem Fernunterricht und deiner Schicht eine halbe Stunde vorbei zu kommen? Ich brauche megadringend eine Umarmung!«
Alarmiert fragte Markus: »Du klingst so wackelig, ist etwas vorgefallen? Geht es Kemal nicht gut?«

»Du kennst mich in- und auswendig«, seufzte Dilan, »nein, Kemal ist auf dem Weg der Besserung und ich bin OK. Können wir es dabei belassen und ich erzähle es dir nachher?«

Widerstrebend stimmte Markus zu. Er beendete schweren Herzens das Gespräch und folgte seinem Sohn in die Küche, damit der rechtzeitig sein Essen bekam.

Was ist passiert?

Hastig brach Markus auf, kaum dass Rose das Haus betreten hatte. Dilans Anruf hatte ihn enorm verunsichert. Eilig fuhr er zu ihr und entging dabei nur knapp zwei Unfällen. Unmittelbar, nachdem er die Wohnungstür geschlossen hatte, flog sie in seine Arme. »Endlich bist du da!«, seufzte sie.

Markus erschrak. Seine Geliebte sah furchtbar aus. Entgegen ihrer Gewohnheit war sie ungeschminkt und hatte verheulte Augen. Entsetzt fragte er: »Was ist passiert?«

Sie zog ihn aufs Sofa und berichtete stockend: »Ohne Hassan hätten mich vier Mistkerle wahrscheinlich ins Krankenhaus geprügelt. Ich war schon am Boden.«

Aufschluchzend warf sie sich in seine Arme und stieß hervor: »Halt mich!«

Abgesehen davon, dass er in dem Moment nichts zu sagen wusste, spürte er, dass dies fehl am Platz wäre. Folglich hielt er Dilan schweigend fest im Arm und strich ihr über die langen, braunen Haare. Es dauerte ewig und drei Tage, bis sie sich so weit beruhigt hatte, dass sie wieder zu sprechen vermochte: »Ich wollte ja nicht hören und habe die Abkürzung durch die Gasse genommen. Da haben mir solche parteitreuen Säcke aufgelauert. Die haben zwar teuer dafür bezahlt, aber das hilft mir trotzdem nicht.«

Markus runzelte fragend die Stirn: »Inwiefern haben die geblecht?«

»Hassan hat sie mit einer Waffe in Schach gehalten und mich aufgefordert, ihnen kräftig zwischen die Beine zu treten. In dem Moment hat das gutgetan, aber langfristig ist es eher egal. Er hat noch mal ordentlich nachgetreten. Dann hat er sie mit einem selbst gebauten Gimmick gebrandmarkt. Die haben jetzt ›Schläger‹ auf der Stirn stehen!«

»Autsch«, entfuhr es Markus, »das ist eine brutale Bestrafung, aber verdient. Ich hoffe, das hat kein Nachspiel.«

»Die Hoffnung teile ich«, entgegnete Dilan, »zumindest habe ich bisher nichts von der Polizei gehört.«

Sie hatte kaum den Satz beendet, als es klingelte. Gemeinsam marschierten die beiden zur Tür und Dilan fragte »Hallo?« in die Sprechanlage.

»Die Polizei. Würden Sie uns bitte reinlassen?«

Beruhigend nahm Markus Dilan in den Arm, die zittrig die Tür aufdrückte. Zwei Polizistinnen kamen an die Tür. Die eine fragte: »Dürfen wir reinkommen? Wir haben einige Fragen.«

Dabei vollführte sie eine Geste, um pantomimisch zu zeigen, dass das Treppenhaus Ohren hat. Und tatsächlich war die Tür der alten Dame gegenüber einen Spalt breit geöffnet.

Dilan trat zur Seite und winkte die Beamtinnen herein. Die eine schaute Markus fragen an: »Und sie sind ...?«

»Das ist Markus Hambach, mein Freund«, antwortete Dilan, um ihm die Überlegung zu ersparen, in welcher Rolle er sich am besten vorstellte.

»In dem Fall haben wir keinen Einwand gegen Ihre Anwesenheit. Ich bin Frau Müller, meine Partnerin ist Frau Schneider. Frau Erhan, trifft es zu, dass Sie gestern knapp einer massiven Schlägerei in der Baumgasse entgangen sind?«

»Ja, das stimmt«, entgegnete Dilan leise.

»Darf ich fragen, warum Sie keine Anzeige erstattet haben?«

»Ich hatte vor, heute zur Wache zu gehen. Gestern war ich zu aufgewühlt.«

Frau Müller rückte ein wenig näher und legte Dilan beruhigend eine Hand auf den Arm. Sie sagte: »Das verstehe ich. Leider können wir Ihnen trotzdem einige Fragen nicht ersparen. Unsere Kollegen wurden von der Besatzung eines Krankenwagens alarmiert, weil sie vier Männer zu behandeln hatte. Allen war das Wort ›Schläger‹ auf die Stirn gebrannt worden. Einer der Verletzten hat ausgesagt, dass Sie den Täter kennen. Ist das wahr?«

Nur mühsam gelang es Dilan, ihre Mimik unter Kontrolle zu halten. Sie antwortete: »Es handelte sich scheinbar um jemanden, der mich kennt, da er mich mit dem Namen angesprochen hat. Mehr kann ich dazu nicht sagen.«

Frau Schneider runzelte die Stirn und fragte: »Wie erklären Sie sich dann, die Aussage, sie hätten dem Täter ›Du bist das‹ zugerufen?«

Dilan lief rot an und blaffte: »Was wird das jetzt? Bin ich Opfer oder tatverdächtig?«

Frau Müller war offenbar ›guter Polizist‹. Sie klopfte ihrer Gesprächspartnerin beruhigend auf den Arm und entgegnete: »Dass Sie Opfer sind, steht völlig außer Frage. Das haben die vier Männer sogar schon gestanden. Es geht hier nur darum, Ihren Retter zu finden, der sich wegen schwerer Körperverletzung verantworten muss.«

Weiterhin aufgebracht gab Dilan zurück: »Selbst wenn ich meinen Retter kennen würde, bestände nicht die geringste Chance, dass ich ihn verraten würde!«

Frau Schneider beugte sich mit einem kritischen Blick vor: »Verstehe ich das richtig, dass Sie den Täter definitiv nicht kennen, obwohl vier Männer etwas anderes aussagen?«

»So ist es! Mein Retter war maskiert und seine Stimme kam mir nicht bekannt vor!«

»Nun gut«, antwortete Frau Müller, »das ist eine klare Aussage. Dürfen wir Ihre Anzeige gleich hier aufnehmen oder kommen Sie später auf die Wache?«

»Ich möchte gerne die letzten Minuten mit meinem Freund alleine sein, bevor er zur Arbeit muss, wenn es Recht ist. Ich komme heute Nachmittag auf die Wache.«

Die Beamtinnen nickten verständig und verabschiedeten sich. Nachdem sie die Wohnung verlassen hatten, fluchte Dilan: »Die haben wohl Lack gesoffen. Als ob ich meinen Retter hinhängen würde!«

Markus prustete los, weil sie seine Formulierung übernommen hatte. Dann antwortete er: »Das sehe ich genauso. Es war zwar nicht richtig, was Hassan getan hat, aber verdammt gut! Das haben die Schweine so was von verdient.«

»Ja, jetzt halt die Klappe und komm ins Bett. Einen Quickie schaffen wir, bevor du zur Arbeit musst!«

Mit diesen Worten zog sie ihn energisch zum Bett und warf ihn darauf. Dann setzte sie sich auf ihn und machte sich an seiner Kleidung zu schaffen. Als er es ihr gleichtun wollte, verbot sie es mit einer Handbewegung. Nachdem sie ihn fertig ausgezogen hatte, tigerte sie zu dem Tablet auf dem Nachtschrank und tippte darauf herum. Aufreizende Musik ertönte.

Dilan begann, sich sinnlich im Takt des Rhythmus zu wiegen. Sie eröffnete einen langsamen Strip, verlor aber bald die Geduld und zog sich hastig aus.

»Wird zu einem späteren Zeitpunkt nachgeholt«, murmelte sie und setzte sich auf Markus. Er versuchte, sanft in sie zu gleiten, doch sie nahm ihn mit einem wilden Schwung ihrer Hüfte komplett in sich auf. Dann startete sie einen ungebändigten, ekstatischen Ritt. Nur wenige Minuten später sank sie nach einem unkontrollierten Aufschrei über ihm zusammen und umarmte ihn heftig. Stürmisch und leidenschaftlich küsste sie ihn. Dann rollte sie sich neben ihn und kicherte: »Das sieht aus, als solltest du dringend duschen, bevor du zum Flughafen fährst. Lass uns sprinten, ich seife dir den Rücken ein.«

Lachend erwiderte Markus: »Ungeduscht zur Polizei wäre genauso wenig ratsam. Darf ich mich mit der Seife revanchieren?«

»Ich bestehe darauf!«

Eine halbe Stunde später verliessen die beiden gemeinsam das Haus und Markus setzte Dilan auf dem Weg zur Arbeit bei der Polizei ab. Aufmunternd drückte er sie: »Ich wünschte, ich könnte dich begleiten, aber du schaffst das sicher!«

Sie gab seufzend zurück: »Den Wunsch teile ich. Hoffentlich sind die auf der Wache so nett wie die Müller.«

Nach einem letzten Kuss warf sie die Tür zu und trottete winkend auf die Eingangstür unter dem blau-weißen Schild ›Polizei‹ zu. Wehmütig winkte Markus ihr hinterher und fuhr dann los.

Der ungeliebte Auftrag

Als Markus im Büro ankam, ging es turbulent zu. Seine drei Kollegen telefonierten. Elias half offensichtlich als Telefonist aus, da er an Markus Platz ein weiteres Gespräch führte: »Ja, Ernst, wir haben mal wieder gewonnen. Wir haben für morgen drei Buchungen mit Abschiebungen. Hast du genug Ärzte zur Verfügung?«

Die DDW hatte ein Gesetz verabschiedet, das es erlaubte, Ausländer schnell abzuschieben, die dem organisierten Verbrechen angehörten. Da die großen Airlines sich in den meisten Fällen weigerten, diese Häftlinge zu transportieren, wurden sie im Privatjet in ihr Heimatland gebracht. Da viele versuchten, sich selber zu verletzen, um die Abschiebung zu verhindern, wurden diese Flüge stets von einem Arzt begleitet. Die Beförderungen brachten zwar gutes Geld, waren aber trotzdem äußerst unbeliebt, weil sie arbeitsintensiv waren. Die Bundespolizei organisierte lediglich die Transporte an Start- und Zielort, aber die Koordination mit den Bodendiensten an den Flughäfen war oft kompliziert. Es wurde eine Parkposition weit abseits der Terminals benötigt, damit die ›normalen‹ Passagiere den Vorgang nicht zu sehen bekamen. Mit der Sicherheitsabteilung der Flughäfen musste abgestimmt werden, dass der Gefangenentransport auf dem Vorfeld bis an das Flugzeug fahren durfte und vieles mehr. Dieser Aufwand war schon bei einem Flug eine langwierige Aufgabe, aber bei drei gleichzeitig war es eine Herausforderung. Markus bereitete sich geistig auf eine lange Schicht vor.

Zum Glück war sein Pessimismus unberechtigt, seine Kollegen waren fleißig gewesen und bis auf Kleinigkeiten waren die Einsätze schon fertig.

»Na, alles OK?«, begrüßte Elias ihn und räumte seinen Platz.

»Na ja, abgesehen davon, dass ich heute beim Fernunterricht vom Sohn mit dem Lehrer aneinandergeraten bin, ist alles schick, und selber?«

»Tse tse tse«, schnalzte Franz, »mit dem stellvertretenden Schulleiter sollte man sich aber nicht anlegen. Der sitzt am deutlich längeren Hebel und kann Moritz das schulische Leben arg vermiesen. Den Fehler haben wir an Lukes alter Schule schon hinter uns. Das wurde so übel, dass wir die Penne wechseln mussten. Jetzt hat der arme Kerl wegen unserer Unbeherrschtheit jeden Tag zwei Stunden Busfahrt, eine hin, eine zurück. Du solltest dich bei nächster Gelegenheit bei dem Mann entschuldigen, egal, ob du im Recht warst!«

»Was du genommen hast, möchte ich auch«, polterte Markus los, »so wie der Moritz angegangen ist, kann er froh sein, dass sein Kopf auf seinen Schultern geblieben ist!«

»Mag ja sein«, gab Franz zurück, »aber schluck es runter und mach Frieden mit dem Typ. Auf die Mappe geben kannst du ihm immer noch, wenn dein Sohn nicht mehr auf dieser Schule ist! Den Ärger, den der verursachen könnte, kann keiner von euch gebrauchen. Stell dir nur mal vor, es gäbe wegen jedem Hühnerfurz wieder eine Suspendierung.«

»OK, OK, ist ja gut«, murrte Markus, »ich krieche ihm übermorgen bis zum Anschlag in den Allerwertesten.«

Alle lachten auf und sahen sich dann genötigt, ihrem Gesprächspartner den Grund dafür erklären. Mit den Disponenten der wichtigsten Kunden hatten alle ein enges Verhältnis. Da besprach man, wenn die Zeit es erlaubte, auch schon mal private Angelegenheiten.

Markus nahm seinen Platz ein und schaute die Unterlagen durch, die seine Kollegen ihm reichten. Dann stürzte er sich in die Arbeit.

Brenzlig

Aufgewühlt setzte Dilan an, die Polizeiwache zu verlassen. Die Beamtinnen, die ihre Anzeige aufgenommen hatten, waren zwar schonend und einfühlsam gewesen, konnten ihr aber nicht ersparen, den gesamten Vorfall detailliert zu schildern. An der entsprechenden Stelle hatte sie fast wieder die Hände der Täter auf ihrem Körper gespürt und war erschauert.

Zum Glück wollte sie ihr Telefon im Rucksack verstauen, bevor sie auf die Straße trat. So sah sie im letzten Moment, dass sich zwei Männer in den verhassten Anzügen vor der Wache herumtrieben und die Tür genau im Auge behielten. Sie blätterte durch das Telefonbuch ihres Handys und machte einen Anruf: »Hassan, kannst du bitte Hilfe schicken? Ich bin auf der Polizeiwache Ehrenfeld und wollte gerade nach Hause, da habe ich draußen zwei Anzugtypen gesehen.«

Sie lauschte, dann fragte sie: »Bist du sicher? Willst du nicht lieber jemand anders schicken?«

»OK, ich warte hier auf dich.«

Knapp zehn Minuten später brauste ein großer, tiefergelegter BMW mit einem gewaltigen Spoiler heran. Alle Verkehrsregeln missachtend, fuhr er auf den Bürgersteig unmittelbar vor dem Haupteingang der Wache. Sogleich stürzte ein Beamte wild gestikulierend heraus: »Was denken Sie, was Sie da tun? Sehen Sie nicht die Schilder? Absolutes Halteverbot, nur für Einsatzfahrzeuge!«

Hassan atmete mehrmals tief durch, um die nötige Geduld aufzubringen, dem Polizisten höflich zu antworten: »Hören Sie zu. Meine Cousine dort wäre gestern beinahe von solchen Typen wie den beiden hier schwer verprügelt worden und hat soeben Anzeige erstattet. Irgendwer Ihrer sauberen Kollegen hat scheinbar geplaudert und die Täter haben ihre Kumpels geschickt, um sie zu bestrafen oder so was. Deshalb bitte ich nachdrücklich um Ihr Verständnis, dass ich keinen Meter weiter entfernt von der Wache parken werde, als unbedingt nötig. Ich gehe jetzt da rein und hole meine Cousine. Ich erwarte, dass Sie notfalls einschreiten, wenn die Säcke Scherereien anfangen!«

Der Beamte schnappte nach Luft und stammelte: »Diese Unterstellung ist eine Frechheit! Aber selbstverständlich werde ich eingreifen, wenn es nötig sein sollte.«

Grimmig entgegnete Hassan: »Wie sonst erklären Sie es sich, dass Hackfressen wie die, die meine

Cousine gestern misshandeln wollten, vor der Wache auftauchen, kaum dass sie hier erscheint, um Anzeige zu erstatten? Für mich kommt da nur eine Möglichkeit infrage.«

Achselzuckend gab der Polizist den Weg frei. Offenbar waren ihm die Argumente ausgegangen. Hassan holte seine Cousine in der Wache ab und brachte sie zu seinem Auto. Die Anzugtypen plusterten sich zwar drohend auf, doch unter den Augen der Polizei wollten sie nichts riskieren.

Dilan seufzte erleichtert, aber dann kam ihr in den Sinn: »Ob ich mich noch ohne Schutz auf die Straße trauen kann? Was die wohl wollten?«

»Mach dir keine Sorgen«, entgegnete Hassan, »wenn wir außer Sicht der Polizei welchen von der Sorte begegnen, werde ich denen ein paar Takte flüstern. Hast du ...«

Empört unterbrach Dilan ihn: »Was denkst du? Ich verpfeife doch nicht meinen Retter! Ich hatte heute Vormittag schon Besuch, die haben gefragt, warum ich angeblich ›Du bist das‹ gerufen habe. Da habe ich es einfach übergangen, aber eben kam die Frage wieder auf. Ich habe einfach behauptet, die Schläger müssen sich verhört haben und ich hätte ›Gut, dass du da bist‹ gerufen. Mehr kann ich nicht sagen, mein Retter war maskiert und die Stimme kam mir nicht bekannt vor.«

»Komm wieder runter«, antwortete Hassan, »ich wollte nur wissen, WAS du gesagt hast. Ich war absolut sicher, dass du mich nicht verpfeifen würdest.«

Besänftigt knuffte Dilan ihn in die Seite und schlug vor: »Komm doch mit rein. Ich habe Obstkuchen, den liebst du mindestens so sehr, wie meinen Kaffee!«

»Da kann ich nicht widerstehen«, meinte Hassan, »eine halbe Stunde habe ich.«

Wie üblich gab es keinen Parkplatz unmittelbar am Haus, sodass Hassan kurz hinter der Gasse parken musste. Als er sah, dass am Eingang zu dem Durchgang zwei Anzugtypen standen, holte er einen gewaltigen Revolver aus dem Handschuhfach und klemmte das Holster an seinen Gürtel. Unter dem Sitz zog er zusätzlich einen metallenen Schlagstock hervor. Dann nickte er und gemeinsam stiegen sie aus. Sobald die Autotüren zuschlugen, drehte einer der Schläger den Kopf und rempelte dann seinen Kumpan an. In einer lächerlichen Pose, die sie vermutlich für drohend hielten, schlichen die beiden Dilan und ihrem

Cousin entgegen. Der sagte in dem Moment in sein Handy: »Sechs Leute hast du? In fünf Minuten? OK. Bis gleich!«

Der rothaarige Schläger baute sich mitten auf dem Weg auf und meinte: »Na, Vögelchen, hast du schön gesungen? Hoffentlich hast du nicht vergessen, den Bullen zu sagen, wer da mit dir in der Gasse war. Du darfst es aber auch gerne jetzt uns flüstern, dann siehst du uns nie wieder. Andernfalls wirst du so lange zwei von uns an dir kleben haben, bis du auspackst!«

Hassan gab Dilan das zuvor abgesprochene Signal und beide zogen gleichzeitig ihre Waffen. Eiskalt zischte er: »Hört gut zu, Jungs, denn ich werde es nur einmal sagen. Ihr kriecht jetzt brav in das Loch zurück, aus dem ihr gekommen seid, und sagt euren Kumpels, dass ihr euch alle von dieser Frau fernhaltet. Sie wird mich anrufen, sobald sie einen von euch auch nur am Horizont sieht. Ich werde bei einem solchen Call innerhalb von fünf Minuten mit ein paar Freunden eintreffen. Wir sind alle Kickboxer in der Oberliga und kommen ohne Waffen mit euch klar. Habt ihr das verstanden?«

In diesem Moment bogen mit röhrenden Motoren einige Autos um die Ecke und hielten auf die

Gruppe zu. Die Wagen waren kaum zum Stillstand gekommen, schon sprangen aus jedem Fahrzeug mindestens zwei Männer. Sieben extrem muskulöse Kerle in schwarzen Jeans, Lederschuhen und Bomberjacken umringten die Anzugtypen und klatschten ihre Fäuste in die Handflächen. Grinsend meinte Hassan: »Seht ihr? So schnell geht das. Verzieht euch und haltet euch von dieser Frau fern!«

Die Schläger sanken zusammen und machten Anstalten, zu verschwinden, doch der Kreis öffnete sich nicht. Einer der Männer knurrte: »Ich will hören, wie ihr das Versprechen gebt, dass keiner von eurer Saubande jemals näher als fünfhundert Meter an diese Frau herankommt.«

Kleinlaut antwortete der eine: »Ich versichere, dass keiner von uns diese Lady jemals behelligen wird.«

Die Männer gaben den Weg frei und die Schläger zogen mit eingekniffenen Schwänzen von dannen. Hassan meinte: »Danke Ahmed, das hat hoffentlich gewirkt. Dilan, versprich uns, dass du anrufst, wenn du einen dieser Schmierlappen siehst. Egal, zu welcher Tageszeit, du rufst sofort an!«

»Ich verspreche es«, antwortete diese, »vielen Dank an euch alle!«

Zufrieden zogen die sieben Helfer wieder ab und Dilan schlenderte mit Hassan in ihre Wohnung, um den versprochenen Kuchen zu servieren.

Zuwanderungsbeschränkungen

Familie Hambach saß beim Frühstück und wie immer widmete das Kind dem Video mehr Aufmerksamkeit als seinem Toast. Rose fuhr ihn ruppig an: »Verdammt, Moritz! Iss ohne Pause weiter, sonst ist das Tablet weg. Ich zähle bis drei!«

Der Junge murrte: »Boah Mama, was ist los mit dir? Du bist schon seit gestern Nachmittag so übel drauf!«

»Erinnerst du dich an meine Freundin Adriana?«, antwortete Rose.

Auf Moritz Nicken fuhr sie fort: »Die wollte nach Deutschland kommen. Sie hat schon einen Job, eine Wohnung und das Visum war erteilt. Jetzt haben die vor zwei Wochen ein neues Gesetz verabschiedet. Nur Menschen mit besonderer Qualifikation, wie zum Beispiel Informatiker, dürfen nach Deutschland einwandern. Adriana fällt nicht unter diese Regelung. Gestern hat sie einen Brief von der Botschaft bekommen, in dem stand, dass das Visum ungültig ist. Sie hat schon ihre Wohnung verkauft und alles, was man nicht zu einem angemessenen Preis verkloppen kann, zu ihrer Mutter nach Palembang gebracht. Gekündigt hat sie natürlich auch schon längst. Jetzt muss sie bei ihren Eltern wohnen, bis sie Arbeit und eine neue Wohnung hat. Für das, was sie für ihre bekommen hat, bekommt sie keine vergleichbare. Zumindest nicht, wenn sie in Medan bleiben will. Außerdem habe ich mich so darauf gefreut, hier eine echte Freundin zu haben.«

»Ach Mama, das tut mir leid«, sagte Moritz mit einem bedauernden Gesichtsausdruck.

»Danke«, antwortete Rose.

»Das wird mir alles zu viel hier. Wenn am Freitag dein Fernunterricht beendet ist, fahren wir nach Den Helder und besuchen Kak Zara. Dann kannst du wieder ausgiebig mit den Katzen spielen.«

Der Junge schaute erst ein wenig bedröppelt, doch alsdann hellte seine Miene sich auf: »Tante Zara ist eigentlich ganz cool. Da darf ich bestimmt wieder bis zwei aufbleiben.«

Seine Mutter nickte zustimmend. Markus zwang sich mühsam, keinen Freudentanz zu veranstalten. Er hatte den Freitag und das Wochenende frei und Dilan trat nach dem Frühdienst ihre drei freien Tage an. Gleich verselbstständigte sich sein Geist und schmiedete Pläne.

Eine halbe Stunde später verschwanden Rose und Moritz im Arbeitszimmer, um den Fernunterricht anzutreten. Markus eilte nach oben, um sicher ungestört telefonieren zu können. Er wählte und als der Angerufene sich meldete, sagte er: »Moin Hinrich. Sag mal, ist deine Hütte von Freitag bis Sonntag frei?«

Er hörte auf die Antwort und gab dann zurück: »Klasse, reservierst du für mich? Ich bin Freitag Abend gegen sieben bei dir, um den Schlüssel abzuholen. Immer noch siebzig pro Nacht?«

Die Antwort erhellte sein Gesicht: »Klasse. Tausend Dank, Hinrich. Wie immer eine Kiste Kölsch für dich? ... OK, bis dahin!«

Er lief die Treppe herunter, winkte einen kurzen Abschied ins Arbeitszimmer und verließ das Haus.

Überraschung gelungen

Kurze Zeit später traf Markus bei Dilan ein. Dieses Mal fiel die Begrüßung weniger stürmisch aus. Es gab eine Umarmung und einen ausgiebigen Kuss, dann zog sie ihren Geliebten aufs Sofa und musterte ihn kritisch: »Du siehst so fröhlich aus.«

Markus erlaubte sich ein breites Grinsen und gab zurück: »Rose fährt mit dem Kurzen übers Wochenende weg, du hast frei und ich habe Donnerstag meinen Letzten. Pack eine Tasche für zwei Übernachtungen, ich hole dich Freitag Nachmittag ab!«

»Ist nicht wahr«, jauchzte Dilan, »wo fahren wir denn hin?«

Markus´ Grinsen wurde breiter: »Das ist eine Überraschung!«

Er keuchte überrascht, weil seine Geliebte ihn unsanft in die Rippen boxte und gespielt zickig antwortete: »Echt jetzt? Du willst mich so lange auf die Folter spannen? Sag mir wenigstens, wie weit wir fahren. Ich muss schließlich entsprechend Essen einpacken!«

Lachend gab er zurück: »Es wird keine Weltreise. Wir fahren nach dem Mittagessen los und sind zum Abendessen da. Ein paar Flaschen Wasser sollten ausreichen.«

Ihm war dennoch klar, dass er hier gegen eine Wand redete. Die beiden hatten schon einige Wochenendausflüge unternommen und jedes Mal war eine prall gefüllte Kühltasche an Bord. Das würde dieses Mal sicher nicht anders sein. Dilans Antwort bestätigte diese Vermutung: »Ach, komm schon. Zumindest eine Kleinigkeit zum Knabbern ist Pflicht. Oder sollen wir die ganze Fahrt ›Ich sehe was, was du nicht siehst‹ spielen?«

Das war ein Running Gag zwischen den beiden. Auf ihrer ersten gemeinsamen Fahrt war Markus so müde gewesen, dass er alle Energie auf seine Konzentration aufwenden musste und nicht allzu gesprächig war. Aus Jux hatte Dilan dann angefangen, dieses Kinderspiel mit ihm zu spielen. Da sie teilweise überaus abwegige Ideen präsentiert hatte, hatten sie den Rest der Fahrt mitunter mit brüllendem Gelächter verbracht. Seitdem wurde es bei jeder längeren Tour mindestens einmal von einem der zwei angesprochen.

Beide lachten über den Witz, dann gab Markus zurück: »Wenn du wieder für eine ganze Armee caterst, können wir stattdessen ›Ich esse was, was du auch isst‹ spielen.«

Erneut antwortete Dilan mit einem festen Knuff. Dann richtete sie sich auf und nahm eine Pose ein, die sie für drohend hielt. Langsam wanderten ihre Hände über seine Oberschenkel nach oben und sie raunte: »Nun gut, wollen wir doch mal sehen. Ich werde dich jetzt mit dem Mund verwöhnen, aber ich zögere es so lange hinaus, bis du mir verraten hast, wo es hingeht!«

»Hast du bis morgen Abend was vor?«, gab Markus lachend zurück, »das ist eine Folter nach meinem Geschmack!«

Dilan setzte ihr teuflisches Grinsen auf – eine Miene, die sie ausgezeichnet beherrschte – und flüsterte: »Du hast es nicht anders gewollt. Ich kann dich bis an den Rand der Klippe bringen und dann aufhören!«

Markus stöhnte entgeistert auf. Ihm war klar, dass dies ihr voller Ernst war. »Erpressung ist strafbar, meine Liebe. Davon abgesehen kann ich mich im Anschluss auf die gleiche Art revanchieren!«

»Dazu müsste ich dich überhaupt in die Nähe lassen. Du kennst meine Beinmuskeln. Wenn ich nicht will, kriegst du die Beine nicht auseinander.«

Triumphierend kam die Entgegnung mit samtweicher Stimme: »DAS mag zwar sein. Du scheinst allerdings zu vergessen, dass ich dich auch verbal zum Höhepunkt bringen kann!«

»Nicht diese Stimme«, ächzte Dilan, »das ist unfair!«

Die beiden kabbelten sich ein wenig weiter. Dann liebten sie sich leidenschaftlich, bevor sie gemeinsam zum Dienst aufbrachen.

Bargeld über alles

Auf der Fahrt schaltete Dilan den Infokanal der Regierung mit den Worten ein: »Mal sehen, was die sich jetzt schon wieder für Dreck ausgedacht haben!«.

Sie hörten die letzten Takte eines Liedes, bevor der Sprecher eröffnete: »Sehr geehrte Hörer. Gestern wurde das Gesetz zum Zahlungsverkehr verabschiedet. Mit Wirkung erster Juli sind die einzigen zulässigen Zahlungsmethoden Bargeld, Lastschrift und Überweisungen. Die Bürger sind verpflichtet, bis Juni sämtliche Karten für bargeldlose Zahlung an die Banken zurückzugeben und Konten für sonstige Arten der Vergütung zu kündigen. Dies gilt insbesondere für den Dienstleister ›Transferbuddy‹ und jegliche Konten mit Kryptowährung. Zweck des Gesetzes ist die Erschwerung der Geldwäsche. Darüber hinaus kann jedes digitale Guthaben von Hackern oder Terroristen gelöscht werden.«

Die beiden schauten sich resigniert an. Dilan seufzte: »Ja ne, ist klar. Wenn ich Geld waschen will, kann ich doch auch Bargeld zu einem bringen, der das für mich erledigt. Stelle ich mir sogar einfacher vor.«

Markus schüttelte den Kopf: »Bei den Beträgen, die bei kriminellen Aktivitäten wie Waffenhandel über den Tisch gehen, ist das schwierig. Warte mal, da folgt noch mehr.«

Der Sprecher räusperte sich, bevor er fortfuhr: »Entschuldigung. Gleichzeitig beinhaltet das Gesetz die Verpflichtung, sämtliche Transaktionen über dreitausend Euro ausschließlich per Überweisung vorzunehmen. Für die zugrunde liegende Geschäftsaktivität ist eine Rechnung zu erstellen. Diese hat eine Nummer zu tragen, die nach dem im Gesetzestext vorgegebenen Muster aufgebaut ist. Diese Rechnungsnummer ist zwingend in der Überweisung anzugeben. Jede dieser Transaktionen wird protokolliert und an das neue Bundesamt für Finanzaufsicht, kurz BAF, übermittelt. Ebenso sind vom Aussteller die Rechnungsnummern ans BAF zu übermitteln. Abwicklungen ohne eindeutige Nummer werden von den Banken zurückgewiesen. Die Computersysteme der Geldinstitute sind bis zum Stichtag entsprechend zu programmieren.«

Aufstöhnend schaltete Dilan das Radio wieder ab. »Toll! Jetzt muss wahrscheinlich die ganze Familie dafür herhalten, meinem Onkel seine IT aufzubauen. Der macht komplett alles von Hand.«

»Viel ist doch nicht nötig«, überlegte Markus, »ein halbwegs leistungsfähiger Laptop, eine Internetverbindung und entsprechende Zugangsdaten. Ich würde dir ja anbieten, meinen Schwager darauf anzusetzen, der mir was schuldig ist. Wäre nur blöd wegen der Geheimhaltung.«

»Mach dir keine Gedanken«, antwortete Dilan, »irgendwo in der entfernten Verwandtschaft haben wir jemanden, der sich damit auskennt. Ich bin nur nicht sicher, ob der aktuell mit unserem Zweig der Familie spricht. Es gab da vor ein paar Monaten mal einen Vorfall auf einer Hochzeit.«

Markus schüttelte den Kopf: »Ihr und eure Familienkrisen. Aber anders Thema: Gibt es was Neues von deinem Bruder? Wenn du arbeiten kannst, statt im Krankenhaus zu sein, scheint es ihm besser zu gehen?«

Mürrisch verzog Dilan das Gesicht: »Die Ärzte sind inzwischen sicher, dass er keine bleibenden Schäden davontragen wird, aber er ist noch nicht wieder aufgewacht. Ich wäre im Krankenhaus, wenn nicht dieser Pislik Schichtleiter wäre. Das ist so ein ultrarechter Deutscher, der meint, meine Anwesenheit im Klinikum hätte doch ohnehin keinen Einfluss auf die Genesung.«

»Moment mal«, fragte Markus, »Pislik ist neu, das hast du bisher nicht verwendet. Was ist das?«

Errötend entgegnete Dilan: »Das ist ein Begriff, der als unflätiges Schimpfwort eingesetzt wird. Der Rest geht dich nichts an!«

»OK, dann muss ich wohl ein Übersetzungsprogramm befragen.«

»Nur zu«, lachte sie, »du weißt selber, was bei den meisten für ein Dreck rauskommt.«

Am Anfang ihrer Affäre hatte Markus mal einem Geschenk eine Glückwunschkarte auf Türkisch beigelegt. Die beiden hatten sich den Rest des Tages scheckig gelacht, als sie ihm vorlas, was er da zusammengestückelt hatte. Seitdem hatte er lieber Azra um Hilfe gebeten, wenn er eine türkische Nachricht für sie schreiben wollte.

»Mondbeschienenes Pferdebein, ich esse deine Haare ...«, gab Markus lachend zurück.

Das war zwar nicht der Inhalt seiner Karte gewesen, aber genauso haarsträubend. Sie hatten sich damals zahlreiche, derart sinnfreie Sätze ausgedacht. Über diesen hatten sie am heftigsten gelacht, deshalb war er hängen geblieben. Wann immer sie einer fehlerhaften Übersetzung begegneten, war es beinahe sicher, dass einer von beiden diesen Satz zitieren würde.

Dilan stieß Markus in die Seite: »Hey, langsam, da vorne ist die Haltestelle.«

Der schaffte es knapp, die Einfahrt zu der Park-spur hinter der Station zu erwischen. Gleich am Anfang gab es eine Ecke, die durch dichte Büsche von der Straße abgeschirmt war. Hier hielten sie immer an, um sich verabschieden zu können, ohne das Risiko einzugehen, erwischt zu werden. Eine als Tratschtante verrufene Kollegin von Dilan stieg immer hier um und hatte oft die gleiche Schicht.

Nach einigen intensiven Küssen stieg Dilan wider-willig aus und trottete zur Haltestelle. Ebenso unwillig setzte Markus die Fahrt zum Flughafen fort.

Einmischung überall

Markus traf im Büro ein und war überrascht. Alles schien in geordneten Bahnen zu laufen. Keine technischen Störungen, nur ein Telefon klingelte, niemand lief hektisch hin und her.

Eine Weile später kamen Elias und Stephan in den Raum und riefen zur Raucherpause. Da Thomas und Otto noch nie geraucht hatten und Markus kürzlich erfolgreich aufgehört hatte, war das ein Codewort für eine gemeinsame Pause mit einer kleinen, informellen Besprechung. Wobei es selten vorkam, dass Stephan sich daran beteiligte. Vor der Tür musterte Franz den Juniorchef und fragte: »Alles OK, Stephan?«

»Hör mir auf. In der Zentrale haben sie Broschüren drucken lassen und aus alter Gewohnheit die geschlechtsneutralen Formulierungen verwendet. Irgendein Spacko von der Partei hat eine in die Finger bekommen. Jetzt müssen sie nicht nur für einen riesigen Haufen Geld die Dinger neu drucken, sondern zusätzlich ein Ordnungsgeld zahlen. Seit Anfang des Jahres sind doch neutrale Formulierungen verboten!«

Elias sah Franz an, dass der zu einer längeren Schimpftirade ansetzen wollte und bremste: »Luft anhalten, Franz. Dazu sind wir nicht hier. Wir wollten euch schon mal vorab informieren, dass wir einen neuen Großauftrag an Land gezogen haben. Die DDW will doch mit aller Gewalt ins Ausland abgewanderte Fachkräfte wieder zurückholen. Dazu blasen sie denen zentnerweise Zucker in den Popo. Eins der Bonbons ist, dass diejenigen, die einer Rückkehr zustimmen, im Privatjet abgeholt werden. Ratet, wer den Zuschlag dafür bekommen hat!«

Markus und seinen Kollegen fiel die Kinnlade nach unten. »Ist nicht wahr«, staunte Otto.

»Ist es doch«, grinste Stephan, »und deshalb bekommen wir nicht nur die zwei neuen Fünfundvierziger, sondern darüber hinaus eine Gee five!«

Die vier kamen aus dem Staunen nicht mehr heraus. Die Gulfstream 550, oder kurz ›Gee five‹, war ein modernes Langstreckenflugzeug mit enormer Reichweite. Markus fragte: »Dürfen wir die denn auch für Ambulanz nutzen, wenn gerade kein Fachidiot abgeholt werden muss?«

Nickend antwortete Elias: »Wir sind vertraglich nicht gebunden, was das Flugzeug angeht. Das Einzige, was im Kontrakt geregelt ist, wir dürfen mit Passagieren nicht mehr als einen Tankstopp planen. Aber auch die Große ist vom Konzern gekauft und kann in Absprache geplant werden, wie alle anderen Flieger. Wenn wir einen kritischen Patienten in Thailand haben, der nur nonstop geflogen werden darf, geht der auf die Gee five.«

Markus und seine Kollegen waren begeistert. Das würde die Planung von Langstreckenflügen erheblich erleichtern. Ziele wie Thailand waren mit dem großen Flugzeug nonstop erreichbar, anstatt mit drei Tankstopps. Franz brachte den einzigen Wermutstropfen vor: »Kriegen wir das denn preislich unter?«

Mit einem breiten Grinsen antwortete Stephan: »Das ist ja das Schöne. Die Maschine stammt aus einer Konkursmasse und hat kaum mehr gekostet, als ein Fünfundvierziger. Durch die konzerneigene Werft können wir die Wartungskosten sehr niedrig halten. Dadurch können wir die Gee five unter dem anbieten, was der Wettbewerb für einen Challi aufruft.«

Mit ›Challi‹ war ein Challenger 604 gemeint, der üblicherweise das größte Muster war, das für Ambulanzflüge eingesetzt wurde.

Alle klatschten sich begeistert ab. Dann mahnte Elias, an die Arbeit zurückzukehren.

Tratsch

Dilan und Azra verbrachten ihre Pause gemeinsam. Sie verzogen sich in eine ruhige Ecke des Pausenraums. Vorwitzig fragte die Kollegin: »Und, wie läuft es mit dir und Markus?«

»Immer noch sensationell gut. Er spannt mich nur gerade etwas auf die Folter. Wir fahren am Freitag übers lange Wochenende weg, aber er will mir nicht verraten, wohin!«

Die Neugier und Ungeduld war ihr deutlich anzusehen. Azra kicherte: »Warten war noch nie deine Stärke. Aber so eine Überraschung kann doch auch ganz schön sein!«

Mit der Stirn in Dackelfalten grummelte Dilan: »Der weiß doch genauso gut wie du, was ich von Überraschungen halte. Wenn er mir sagen würde, wo wir hinfahren, könnte ich mich viel mehr drauf freuen.«

»So kannst du dich halt freuen, dass ihr fahrt und zweieinhalb Tage ganz für euch habt!«, gab Azra lachend zurück, »aber ich kann ja mal unauffällig auf ihn einwirken, es dir zu verraten, wenn ich ihn sehe.«

»Nee, lass mal«, entgegnete Dilan, »ich glaube, das würde ihm nicht so gut gefallen. Er hat doch großen Spaß an Überraschungen. Ich wünschte nur, er hätte gar nichts gesagt und mich einfach nur abgeholt!«

»Das wäre doch nur halb so spannend gewesen. Aber jetzt erzähl mir mal, was da neulich passiert ist!«

Dilan seufzte. Darauf hatte sie eigentlich gar keinen Bock, wusste jedoch, dass die Freundin nicht lockerlassen wurde. Daher gab sie klein bei und berichtete kurz: »Auf dem Weg ins Krankenhaus wollte ich durch die Gasse abkürzen. Da haben mich vier Parteisäcke überfallen. Wäre ich nicht gerettet worden, hätten sie mich zu Brei geschlagen.«

Selbst bei dem kurzen Bericht schossen ihr wieder die Tränen in die Augen. Azra nahm sie tröstend in den Arm und murmelte beruhigende Worte. Dann konnte sie jedoch die Frage nicht zurückhalten, die sie am brennendsten interessierte: »Ich habe gehört, dass dein Retter die Fieslinge brutal bestraft haben soll. Ist da was dran? Und du sollst den Knilch kennen?«

Augenrollend antwortete Dilan: »Die Spatzen pfeifen wirklich alles von den Dächern. Wo hast du das denn her? Egal. Es stimmt, der war nicht sanft. Er hat meine Angreifer mit dem Wort ›Schläger‹ auf der Stirn gebrandmarkt. Zu dem Rest kein Kommentar.«

»Autsch«, entfuhr es Azra, »das ist krass, aber meiner Meinung durchaus verdient. ›Kein Kommi‹ bedeutet bei dir normalerweise ›ja‹, aber ich frage nicht weiter.«

Nervös sah Dilan auf die Uhr und meinte: »Komm, lass uns die letzten zehn Minuten der Pause über schönere Themen sprechen.«

Azra grinste hinterhältig: »Du hast es nicht anders gewollt. Erzähl mal, wie ist er denn so im Bett?«

»Azra«, rief Dilan entrüstet aus, »ich bitte dich! Ich habe es schon hundert Mal gesagt, es geht dich nichts an!«

»War halt ein Versuch. Vielleicht gehst du mir ja eines Tages doch mal in die Falle.«

Dilan boxte die Freundin auf den Oberarm. Missbilligend gab sie zurück: »Man könnte meinen, du bist neidisch. Brauchst du vielleicht auch einen Lover? Läuft es zu Hause nicht so gut?«

Azra zuckte zusammen und entgegnete kleinlaut: »Ertappt. Enes ist kaum Daheim und wenn, dann ist er meistens zu müde. Ich müsste schon in den Kalender gucken, um rauszufinden, wann wir das letzte Mal intim waren.«

In dieser Situation war es an Dilan, die Freundin mitfühlend zu umarmen.

»Das tut mir leid«, meinte sie, »ich wollte kein Salz in eine offene Wunde streuen.«

Insgeheim begann sie schon, einen Plan zu schmieden.

Schon wieder Zoff

Beim Frühstück versicherte sich Rose: »Heute bist du der Lernkasper und ich kann trainieren, richtig?«

Da er den Mund voll hatte, nickte Markus nur zustimmend. Moritz entfuhr ein »YES«.

Tadelnd wackelte sein Vater mit dem Finger. Ihm war zwar klar, dass sein Sohn lieber mit ihm lernte, aber derartige Äußerungen durfte er dennoch nicht tolerieren.

Nachdem die Mahlzeit beendet war, machte Rose Anstalten, beim Abräumen zu helfen, doch Markus meinte: »Lass gut sein, ich erledige das schon. Geh du, damit du deinen Lieblingskurs schaffst.«

Dankbar umarmte Rose ihn kurz und eilte nach oben, um ihre Tasche zu holen. Im Vorbeiflug drückte sie Moritz schnell einen Kuss auf die Stirn und winkte ihrem Mann. Kaum hatte sie das Haus verlassen, tippte Markus seinen Sohn an: »Drück mal kurz dein Video auf Pause. Bitte lass solche Kommentare wie eben. Wir wissen alle, dass Mama und du nicht so gut zusammen lernen, aber so ein Spruch tut ihr auch weh. Die hat im Moment genug damit zu kämpfen, dass sie den Integrationstest wiederholen muss und dass ihre Freundin nicht kommen darf. Da braucht sie so was nicht zusätzlich.«

Missmutig erwiderte Moritz: »Ja guuuuut, darf ich jetzt weitergucken?«

»Du hast noch zehn Minuten«, antwortete Markus, »aber erst, wenn wir dieses Gespräch ordentlich beendet haben.«

Seufzend legte Moritz sein Tablet auf Seite und schaute hoch: »Was soll ich denn sagen? Ich versuche, es nicht mehr zu machen. Mama ist aber nicht die Einzige, die Probleme hat. Ich finde es total kacke, dass ich meine Freunde nur nachmittags für eine oder zwei Stunden sehe und nicht in der Schule!«

Missbilligend tadelte Markus: »Nana, derartige Fäkalsprache möchte ich nicht von dir hören. Ich verstehe dich, aber dir muss klar sein, dass du dir das selber zuzuschreiben hast.«

»Jaaaahaaaa, weiß ich«, nörgelte der Junge, »ist aber deswegen trotzdem nicht angenehmer!«

Zehn Minuten später stapften die beiden ins Arbeitszimmer und bereiteten sich auf den Fernunterricht vor. Sobald der Lehrer auf dem Bildschirm erschien, trat Markus nach vorne.

»Guten Morgen Herr Bartschek«, eröffnete er, »ich entschuldige mich für mein Auftreten vorgestern.«

Unwirsch unterbrach sein Gegenüber: »Akzeptiert. Ich erwarte aber, dass Sie sich zukünftig völlig im Hintergrund halten, es sei denn, ich spreche Sie an.«

Markus atmete tief durch und zählte bis zehn, bevor er antwortete: »Das war nicht unbedingt die Reaktion, die ich auf eine Abbitte erwartet hätte, aber ich werde mich unsichtbar machen.«

Der Lehrer lief rot an und fauchte: »Sie können sich wohl nicht zurückhalten. Meinen Sie nicht, dass Sie es mir überlassen müssen, wie ich mit einer Entschuldigung umgehe? Nächste Woche wird es ein sehr ernstes Gespräch zwischen uns beiden und dem Direktor geben!«

Markus zog es vor, sich schweigend in den Hintergrund zurückzuziehen. Jede mögliche Antwort hätte nur zu einer Eskalation der Situation geführt. Der Lehrer begann mit seinem Unterricht und er zog sein Handy aus der Tasche und schaltete es stumm. Nur Sekunden später blinkte eine Nachricht auf: ›Canım, hast du vor der Arbeit ein paar Minuten Zeit für mich? Öptüm, D.‹

Er antwortete Dilan: ›Der Unterricht dauert heute länger. Mehr als die Fahrt zum Flughafen kann ich dir leider nicht bieten. Ich hole dich um eins ab, OK? Öptüm, M.‹

Sie antwortete mit einer Zeile trauriger Smileys und: ›Dann ist das wohl so. Ich warte aber drinnen auf dich, falls sich die Schmierlappen doch nicht an Hassans Verbot halten, mir zu nahe zu kommen.‹

›Das ist eine kluge Entscheidung. Ich hole dich an der Tür ab‹, schrieb Markus zurück.

Der Unterricht verlief zum Glück ohne Probleme. Rose kam in letzter Minute nach Hause und Markus eilte zum Auto.

Kuppelei

Dilan hatte scheinbar hinter der Haustür gewartet, denn sie kam beinahe im selben Moment heraus, als Markus klingelte. Wegen der neugierigen Nachbarn verzichteten sie auf eine intime Begrüßung. Die holten sie im Auto nach, das um die Ecke geparkt war.

»Schön, dich wenigstens ein paar Minuten zu sehen«, meinte Dilan.

»Ja, ich freue mich genauso«, antwortete Markus, »hast du etwas auf dem Herzen oder wolltest du mich einfach nur sehen?«

»Beides! Du hast doch neulich erzählt, dass dein Freund Jonas dich durchschaut hat und nun von mir weiß?«

Markus gab erstaunt zurück: »Ja, aber warum? Willst du dich verändern und was mit ihm anfangen statt mit mir?«

Dilan knuffte ihn in die Seite: »Nein, du Spinner. Obwohl es schon viel Nettes hätte, einen ungebundenen Freund zu haben! Ich habe gestern in der Pause mit Azra gequatscht und herausgefunden, dass sie total unglücklich ist. Ihr Mann hat sie schon ziemlich lange nicht mehr angefasst. Kannst du nicht mal mit ihm was trinken gehen und zufällig komme ich mit Azra ins gleiche Lokal? Vielleicht passen die beiden ja zusammen.«

Markus prustete: »Du bist ja eine Nummer. Wir können es versuchen. Sie ist zwar eigentlich vom Alter her nicht sein Beuteschema, aber optisch und von der Art her könnte es passen. Wir können ja am Wochenende einen Schlachtplan schmieden.«

»Das klingt nach einer guten Idee. Willst du mir immer noch nicht verraten, wo wir hinfahren? Du weißt doch, dass ich mich lieber auf etwas freue, als überrascht zu werden.«

»Ist mir klar«, lachte Markus, »aber ich verrate nur, dass es nach Norden geht, mehr kriegst du selbst mit Folter nicht aus mir heraus!«

»Hah«, rief Dilan triumphierend, »da du nicht den Ort Norden meinen wirst, habe ich eine Idee!«

»Soso, glaubst du? Was denkst du denn?«

»Neeeeee, vergiss es! Du behältst das Ziel für dich, ich meine Vermutung!«, kicherte sie.

Resigniert wechselte Markus das Thema. Ihm war klar, dass es völlig zwecklos wäre, weiter nachzubohren. Bei so was war sie stur.

»Lass mich raten, du hast schon den Ankara Markt geplündert und dein Kühlschrank quillt über, oder?«

Mit einem spielerischen Klaps gab sie zurück: »Ach quatsch, mehr als einen kleinen Snack bei der Pipipause gibt es nicht.«
Ihre Augen funkelten jedoch verräterisch.

Wochenendausflug

Ungeduldig wartete Markus auf den Aufbruch seiner Familie. Er wollte keine neugierigen Fragen seiner Frau riskieren. Deshalb verschob er das Packen, bis die beiden weg waren. Er hatte zwar reichlich Zeit, weil Dilan nicht vor Mittag frei hatte, konnte es aber trotzdem kaum erwarten. Endlich war es so weit und er sprintete nach oben, wo er seine Tasche packte. Dann tigerte er rastlos auf und ab, bis es Zeit war, aufzubrechen.

Wenige Minuten später traf er bei Dilan ein und fand zu seinem großen Erstaunen einen Parkplatz in unmittelbarer Nähe. Er stieg aus und sah sich kurz um. Erfreut registrierte er, dass die Schläger sich offenbar an Hassans Anweisung hielten. Als Dilan die Tür öffnete, lief er schnell nach oben. Erfahrungsgemäß würde sie mindestens zwei große Taschen und eine Kühltasche haben und er wollte nicht, dass sie alles schleppte. Wie erwartet stellte seine Geliebte die dritte Tasche ab, um die Tür abzuschließen. Da er der voyeuristischen Nachbarin auf der Straße begegnet war, wagte er es, ihr einen Begrüßungskuss zu geben. Sie sah ihn staunend an und deutete auf die entsprechende Tür.

»Ist soeben zum Einkaufen aufgebrochen«, erklärte er knapp.

»Bereitest du dich auf eine Weltreise vor?«

Lachend gab sie zurück: »Du kennst mich doch. Außerdem weiß ich ja nicht, wo wir hinfahren. Damit habe ich keinen Plan, welche Kleidung benötigt wird und muss auf alles vorbereitet sein. Könnte sein, dass ich was für fünf Sterne brauche, oder bequeme Sachen für eine einsame Hütte.«

»Ich habe nicht auf deine zwei Reisetaschen angespielt«, entgegnete Markus, »sondern auf die Kühltasche, wo Verpflegung für eine ganze Kompanie rein passt. Hast du nicht gestern erst gesagt, es gibt nur einen kleinen Snack zur Pause? Aber ja, auch auf diesem Gebiet kenne ich dich. Alles andere hätte mich maßlos erstaunt.«

Dilan gab ihm einen Klaps und meinte: »Ach, sei doch ruhig. Nimmst du die Kühltasche und ich den Rest?«

Wortlos schnappte Markus sich die Kühltasche und eine der Reisetaschen. Eine Antwort hätte erst eine Debatte zur Folge gehabt. So musste sie schlichtweg hinnehmen, dass er derjenige war, der zwei Taschen trug. Sie quittierte es mit einem

Seufzer. Ihr war ebenfalls bewusst, dass eine Diskussion zwecklos war.

Einige Stunden später trafen die beiden in Neuharlingersiel ein, wo sein Freund Hinrich ein kleines Ferienhaus vermietete. Mit dem Bierkasten in der Hand klingelte er bei dem. Seine fünfjährige Tochter Griet öffnete die Tür. Sie drehte sich um und rief laut: »Papa, hier steht ein Mann mit Bier vor der Tür!«

Lachend kam Hinrich dazu und sagte: »Griet, du kannst dich wahrscheinlich nicht erinnern. Das ist mein Freund Markus. Aber du hast ihn das letzte Mal gesehen, als du gerade vier geworden bist. Er mietet unser Häuschen übers Wochenende. Grüß dich, Markus. Was für eine Schönheit hast du denn da im Auto? Deine Frau ist das nicht!«

»Das waren aber ganz schön viele Worte auf einmal, Hinrich. Moin!«, antwortete Markus.

Der Norddeutsche war normalerweise so wortkarg, wie es diesem Menschenschlag nachgesagt wurde. Er lachte wieder: »Da hast du geschickt versucht, dich vor einer Antwort zu drücken. Ist dann wohl eine Affäre, nicht?«

Ertappt zuckte Markus zusammen und nickte.

»Nun, geht mich ja nichts an«, meinte Hinrich achselzuckend.

»Jou, das gute Kölsch, das ist prima, danke. Hier hast du den Schlüssel. Viel Spaß. Sonntag sind wir nicht da, wirf ihn einfach in den Briefkasten.«

»Dank dir, Hinrich. Euch ein schönes Wochen-ende.«

Markus ging in die Knie und verabschiedete sich von Griet, die sich schüchtern hinter den Beinen ihres Vaters versteckte.

Als er wieder ins Auto stieg, mutmaßte Dilan: »Ein weiterer Mitwisser, was?«

»Ja«, meinte Markus mit einer fatalistischen Geste, »was hätte ich tun sollen? Außer Sicht Parken wäre auffällig gewesen, da hätte er gemerkt, dass ich was zu verbergen habe. Er hat aber keinen Kontakt zu Rose, ist deshalb relativ egal.«

Dilan ahmte seine Geste nach: »Jetzt ist das Kind ohnehin in den Brunnen gefallen.«

Einige Minuten später steuerte Markus auf eine gekieste Auffahrt, die auf beiden Seiten von dich-tem Reet gesäumt war. Erst, nachdem er um die Kurve fuhr, wurde das Häuschen sichtbar. Es war ein typisches norddeutsches gemauertes

Gebäude mit einem Reetdach. Die beiden stiegen aus und Dilan atmete tief durch. »Ah, das riecht gut. Irgendwie intensiver nach Meer, als am Mittelmeer.«

»Sag nicht, du warst noch nie an der Nordsee«, staunte Markus.

»Nein, ich hatte bisher keinen Freund, der mich dahin entführt hat. Die meisten wollten lieber ins Warme, also sind wir immer zu meinen Verwandten nach Izmir geflogen.«

»Da hast du was verpasst!«

»Das werde ich ja sehen«, gab Dilan zurück, »aber auf jeden Fall eine tolle Überraschung, danke. Auch wenn dein Tipp ›Norden‹ zu eindeutig war. Du hast irgendwann mal von dem Haus erzählt!«

Breit grinsend entgegnete Markus: »Na ja, ich hatte Angst vor körperlicher Züchtigung, wenn der Hinweis zu vage ausfällt.«

Anstelle einer Antwort boxte sie ihn kräftig auf den Oberarm. Gemeinsam brachten sie ihr Gepäck ins Haus und Markus führte Dilan herum. Der kurze Flur mündete in ein geräumiges, kuscheliges Wohnzimmer mit einem offenen Kamin. Auf der rechten Seite schloss sich eine Küche an, links war ein kleines Bad in warmen Brauntönen, daneben ein Zimmer mit einem Schrank und einem Etagenbett. Da Dilan die Kühltasche in der Hand hatte, trug sie die gleich in die Küche. Der Raum war mit Möbeln in einem lichten, glänzenden Grau ausgestattet. Zu ihrer Begeisterung gehörte zu den modernen Geräten eine kleine Spülmaschine. Sie stellte die Tasche ab und schlich zurück zu Markus, der wieder im Flur stand. Dort stiegen sie eine alte, knarrende Treppe hoch in die erste Etage. Über dem Wohnzimmer befand sich ein großes Schlafzimmer mit einem eigenen Bad. »Uh, Sechziger«, meinte Dilan, beim Anblick der pastellblauen Fliesen mit Wölkchen. Dann betrat sie den Raum und bekam große Augen. Vor dem Fenster thronte eine riesige Badewanne mit Whirl-pool-Vorrichtung. Sie grinste und meinte anzüglich: »Dir dürfte klar sein, was nach dem Abendessen ansteht!«

Gespielt schüchtern gab Markus zurück: »Was denn, ich soll mit dir gemeinsam in die Badewanne? Dann siehst du mich ja nackt.«

Dafür erntete er statt einer Antwort einen weiteren, kräftigen Knuff in die Rippen. »Lass uns schnell auspacken und dann essen!«

Er nickte zustimmend. Dank der enormen Mengen, die Dilan eingepackt hatte, würden sie hier im Haus ein üppiges Mahl haben. Der Besuch des fantastischen Fischrestaurants würde bis morgen warten müssen. Da sie schon einige gemeinsame Wochenenden verbracht hatten, wusste er, wie Dilan tickte. Daher stellte er die Taschen auf das Bett und reichte ihr die Kleidungsstücke an. Beim ersten Ausflug hatte er ihr die Arbeit abnehmen wollen und alles aus den Gepäckstücken in die Schränke geräumt. Nach dem Essen hatte sie dann nach einem prüfenden Blick die gesamte Kleidung umgeräumt. Sie war speziell und vermochte kein anderes Ordnungssystem zu akzeptieren als ihr eigenes. Bei dieser Gelegenheit hatte sie in einem Nebensatz erwähnt, dass dies in einer früheren Beziehung oft zu Streit geführt hatte.

Zehn Minuten später war alles verräumt und sie kehrten zurück nach unten. Da Markus sich auskannte, deckte er den Bartresen zwischen Wohnzimmer und Küche, während Dilan das Essen auspackte und anrichtete. Als sie die ersten gefüllten Teller brachte, staunte sie: »Na, du hast aber heute einen besonders romantischen Tag, was? Lass mich raten, du hast wieder einen Anlass zum feiern erfunden, wie ›Unsere Affäre besteht seit fünfhundert Tagen‹ oder so.«

Der Tresen war mit weißem Leinen gedeckt. Rund um die Teller hatte er Rosenblüten gestreut. Der ganze hintere Rand war von Kerzen in antiken, mehrarmigen Leuchtern gesäumt.

Lachend gab Markus zurück: »Tatsächlich ist es heute auf den Tag genau fünf Jahre her, dass ich dich das erste Mal bewusst wahrgenommen habe und nicht nur als irgendeine Mitarbeiterin an der Kontrolle. Weißt du noch? Ich habe dich draußen auf der Spur ziemlich angemault. Drinnen habe ich dir dann die Hand auf den Arm gelegt und mich bei dir entschuldigt. Als du mir in die Augen gesehen hast, war es um mich geschehen!«

Dilan hatte während seiner Aussage einen Schluck aus dem Wasserglas genommen und prustete nun alles in den Raum: »DAS ist der am stärksten an den Haaren herbeigezogene Anlass, den du dir bisher ausgedacht hast. Und wenn es dich an dem Tag schon erwischt hat, warum hast du zwei Jahre gebraucht, um mich zum Kaffee einzuladen?«

Markus wischte sich das Wasser, das er abbekommen hatte, mit einem Stück Küchen-papier aus dem Gesicht und schüttelte sich wie ein Hund. Dann gab er zurück: »Schon vergessen, dass das mein zweiter Versuch war? Beim Ersten hast du mich sehr türkisch abblitzen lassen!«

»Da hast du ja auch noch deinen Ring getragen. Außerdem war ich nicht über diesen Eşek hinweg, der mich während unserer ganzen Beziehung betrogen hat.«

»OK, Teil zwei lasse ich gelten«, antwortete Markus und nahm eine Flasche Champagner aus dem Kühlschrank, die Hinrich für ihn besorgt und kalt gestellt hatte.

Dilan riss die Augen auf: »Wow! Du brauchst aber nicht so schwere Geschütze auffahren wie einen Schampus von über zweihundert Ocken. Ich bin auch ohne Bestechung das ganze Wochenende dein!«

Gespielte Beleidigung: »Also wirklich! Ich weiß, dass ich dich nicht schmieren muss. Aber hin und wieder möchte ich meine Wertschätzung und Dankbarkeit, dass du für mich da bist, nicht nur durch kleine Gesten ausdrücken. Du kannst gar nicht ermessen, wie wichtig du mir bist!«

»Ach, erzähl«, kicherte Dilan, »du hast mir das ja auch noch nie gesagt, außer ungefähr jeden zweiten Tag.«

»Das kann man gar nicht oft genug sagen!«

»Halt den Mund und küss mich, dann wird gegessen und danach kann ich es nicht erwarten, diese Wahnsinns Wanne auszuprobieren.«

Markus nutzte den Moment, den Dilan vom Ping, der Mikrowelle abgelenkt war, um vor dem Kuss einen Schluck Champagner in den Mund zu nehmen. Dann nahm er sie in den Arm, zog ihren Kopf zu sich und küsste sie. Sie zuckte kurz überrascht, als das Getränk in ihren Mund lief, dann erwiderte sie seinen Kuss leidenschaftlich.

Nach einer Weile lösten die beiden sich atemlos voneinander und setzten sich zum Essen hin. Es war inzwischen spät und sie hatten Hunger bis unter beide Arme. Dann schlug Markus sich mit der flachen Hand auf die Stirn: »Wir Trottel. Jetzt schon mal die Wanne einlassen wäre eine geniale Idee. So können wir gleich rein klettern, sobald der Tisch abgeräumt ist. Bin in einer Minute wieder da.«

Bevor Dilan Gelegenheit zu Protest hatte, flitzte er schon nach oben. Augenblicke später plätscherte das Wasser. Markus hatte vorgehabt, auszunutzen, dass das Glucksen die knarrende Treppe übertönte, um seine Geliebte zu erschrecken, doch dann fiel ihm ein, dass sie mit Blick auf den Flur saß.

Nachdem die beiden ihre Mahlzeit beendet und den Tresen abgeräumt hatten, pusteten sie die Kerzen aus und ›rollten‹ in Richtung Bad. Markus meinte: »So überfressen sollten wir eigentlich nicht direkt ins Wasser steigen.«

»Ach, wir gehen doch nicht schwimmen. Hast du Angst, in der tiefen Badewanne unterzugehen?«, kicherte Dilan.

»Nein, aber wenn der Magen das ganze Blut zur Verdauung braucht, kann das warme Wasser zu Kreislaufproblemen führen!«

»Komm schon, du bist knapp über fünfzig und ich bin unter vierzig, wir treiben beide intensiv Sport. Unsere Körper werden das abkönnen. Und wir können ja erst mal die Blubberblasen genießen, bevor wir später den Kreislauf anders anregen.«

Mit klimpernden Augen und einem verführerischen Hüftschwung nahm Dilan die letzte Treppenstufe. Die Badezimmertür war zwar geschlossen, aber der Lichtschein an der Unterkante war verräterisch. Offensichtlich war es Markus mehr darum gegangen, das Bad romantisch zu gestalten, als das Wasser früh genug einzulassen.

›Na warte‹, dachte Dilan, ›was du kannst, kann ich auch!‹

Sie packte ihr Handy und den Brüllbalken aus und baute beides auf dem kleinen Fernsehtisch auf. Ein paar Klicks und aufreizende Musik begann. Sie schlich katzenhaft zu Markus und schubste ihn auf das Bett. Dort schnappte sie sich den Strick, den sie beim Auspacken heimlich bereitgelegt hatte, und fesselte ihn an den Handgelenken. Dann begann sie, langsam und sinnlich zu tanzen. Ihre Hände glitten sanft ihren Körper herunter und wieder hoch. Nur bei jedem vierten Beat öffnete sie frustrierend bedächtig einen Knopf ihrer Bluse. Sie drehte sich seitlich und spielte nervenaufreibend lange mit dem Kleidungsstück, bevor sie es endlich schwungvoll in Richtung des Sessels warf. Da sie diese Aktion nicht geplant hatte, trug sie eine knallenge Jeans, mit der sie zu kämpfen hatte. Vor allem kostete es große Mühe, das noch erotisch aussehen zu lassen. Nachdem sie sich der Hose entledigt hatte, wiegte sie ihren Körper sinnlich. Gleichzeitig kam sie langsam immer näher ans Bett. Als sie unmittelbar davor stand, streichelte sie ihre Brüste direkt vor Markus Augen. Er versuchte, näher zu kommen und sie küssen, doch er sollte weiter leiden, deshalb trat sie einen Schritt zurück. In Zeitlupe schob sie erst den einen Träger ihres BH über die Schulter nach unten, dann den anderen. Sie zog den einen Cup kurz herunter und ließ ihre Brustwarze blitzen, dann bedeckte sie die Brust wieder. Sie drehte sich um und zeigte Markus, wie sie gemächlich den Verschluss aufhakte. Danach wandte sie sich wieder ihm zu, hielt ihn aber mit den Händen auf den Brüsten. Erst drei Hüftschwünge später glitt das Kleidungsstück langsam herab. Spielerisch kam sie wieder näher und zog Markus mit dem Halter zu sich. Als sein Gesicht kaum eine Haaresbreite von ihren Brüsten entfernt war, schubste sie ihn leicht nach hinten und trat wieder einen Schritt zurück. Nun spielte sie aufreizend lange mit ihrem Slip, bevor sie den endlich auszog. Dann begann sie, Markus zu entkleiden. Sie löste die Fesseln, um ihm den Pulli auszuziehen, legte sie jedoch wieder an, sobald das Kleidungsstück den Flug zum Sessel antrat. Sie raunte: »Naaa, gefällt dir das? Das ist aber vorerst alles, was du kriegst!«

Sie führte ihn in die Wanne und half ihm hinein – mit gefesselten Händen wollte sie nicht auf seinen Gleichgewichtssinn vertrauen. Als er saß, nahm sie einen Schwamm und ließ Wasser über seinen Körper laufen. Sanft betupfte sie jede Stelle seines Körpers – bis auf eine! Sie spürte, dass alle Fasern gespannt waren und vibrierten, aber sie plante, ihn ein wenig weiter auf die Folter zu spannen. Der Schwamm flog in die Ecke, stattdessen kamen jetzt die Fingerspitzen zart streichelnd zum Einsatz. Nachdem sie einmal den ganzen Körper auf und ab gewandert war, hielt sie es selber nicht mehr aus. Sie löste die Fesseln und glitt ohne Hast auf ihn. Langsam liebten sie sich, bis das Wasser zu kalt wurde. Sie schlüpften in die Bademäntel und bummelten ins Wohnzimmer. Dort kuschelten sie sich eine Weile unter dicken Decken vor den gasbetriebenen Kamin, bevor sie schlafen gingen.

Wochenende, Tag zwei

Durch seine ständig wechselnden Arbeitszeiten wachte Markus selten nach halb sieben auf, wohingegen Dilan ein Murmeltier war. Um sie nicht zu wecken, nahm er seine Kleidung und schlich sich in das Bad in der unteren Etage. Nach einer schnellen Dusche zog er sich an und schlenderte zum Auto. Er bevorzugte den Bäcker am anderen Ende des Dorfs und hatte keine Lust, die ganze Strecke zu latschen. Zurück im Haus bereitete er alles so weit vor, dass er das Frühstück fertigstellen konnte, sobald Dilan ins Bad ging. Ein Blick auf die Uhr verriet ihm, dass es bis dahin eine Weile dauern könnte. Daher schnappte er sich sein Tablet, um Nachrichten zu lesen. Zuerst rief er die App auf, in der er Nachrichtenkanäle seinen Vorlieben und Faibles entsprechend abonnieren und sortieren konnte. Gleich die erste Schlagzeile weckte sein Interesse und er klickte darauf. Mit wachsendem Ärger las er den Artikel:

›In ihren Bestrebungen, die traditionelle Familie zu fördern, hat die DDW weitreichende Reformen verabschiedet.

1. Familien mit mindestens fünf Kindern erhalten einen Bonus von fünfhundert Euro je Kind. Mit sinkender Kinderzahl reduziert sich der Bonus, bis für

ein Kind nur einhundertfünfzig Euro ausgezahlt werden. Diese Maßnahme tritt zum nächsten Ersten in Kraft.

2. Die individuelle Besteuerung wird bei Familien durch ein Familiensplitting ersetzt. Das Haushaltseinkommen aller Mitglieder wird summiert und durch die Anzahl der Personen geteilt. Der so ermittelte Betrag wird zur Berechnung der Steuer herangezogen. Der Eingangssteuersatz beträgt fünfundzwanzig Prozent, für jedes Kind reduziert sich der Steuersatz um zwei Prozent, maximal um zehn Prozent. Damit entfallen für Familien die unterschiedlichen Steuerklassen für den Besser- bzw. Geringverdiener.

3. Die Besteuerung ...‹

Markus rang mit Beherrschung, um nicht das Tablet gegen die Wand zu werfen. Er tippte kurz auf dem Rechner herum und stellte fest, dass dies für seine Familie eine Mehrbelastung von etwa dreihundert Euro bedeuten würde. Er schrak zusammen, als sich eine Hand auf seine Schulter legte. Entweder hatte er in seinem Zorn das Gehör verloren oder Dilan hatte es geschafft, alle knarzenden Stellen der Treppe zu vermeiden. Sie schaute ihm über die Schulter und tadelte: »Nicht einmal bei unserem Wochenendausflug kannst du ohne Nachrichten leben?«

»Ich könnte«, gab Markus zurück, »aber ich hatte keine Lust, die Zeit, bis du aufstehst, sinnlos mit Spielen zu verplempern.«

»Die wären dir wenigstens nicht auf die Laune geschlagen, alter Brummbär!«

»Entschuldige! Bei deinem wundervollen Anblick geht es gleich wieder. Ich liebe das, wenn du gerade erst aufgestanden bist. Du schminkst dich zwar gut und dezent, aber am liebsten habe ich dich Natur pur!«

Dilan kicherte: »Da hast du dich aber gut aus der Affäre gezogen, du Schmeichler. Trotzdem gehe ich nach einem dicken Kuss, den ich hoffentlich verdammt schnell kriege, erst mal duschen.«

Markus kam der Aufforderung nur zu gerne nach. Dann begab er sich an den Herd, während sie ins Bad schlenderte.

Da Dilan klar war, dass Markus schon eine Weile auf war und Hunger hatte, duschte sie nur schnell und schob die Malerarbeiten auf. Hatte er nicht gesagt, er hätte sie am liebsten ungeschminkt? Bitte, sollte er zu Hause gerne haben.

Knapp zwanzig Minuten später setzte sie sich an den reichhaltig gedeckten Frühstückstisch. Wie nicht anders erwartet, war alles genau nach ihrem Geschmack. Vor ihr ein Teller Rührei, zubereitet wie von ihrer Oma in Izmir, daneben Tomaten, Gurken, Oliven und Schafskäse. In der Mitte des Tisches stand eine Ofenform mit geschmolzenem Käse, ein Korb mit reichlich gemischten Brötchen, eine Platte gebratener Speck und einige Schälchen mit Marmeladen und Butter. Nicht zu vergessen, in Griffweite ein Glas Saft und ein dampfender Becher Kaffee. Sie griff seine Hand und meinte nur: »Perfekt!«

Beide genossen ihr Frühstück schweigend. Als sie die ersten Male gemeinsam gegessen hatten, waren sie noch bemüht gewesen, Konversation zu machen. Dann hatten sie einen Film gesehen, in dem zwei Personen zusammen im Restaurant auf ihr Essen warteten und eine Weile nicht sprachen. Als die Frau schließlich sagte: »Man weiß, dass man jemand ganz besonderen gefunden hat, wenn man einfach mal gemeinsam schweigen kann ...«, entfuhr es Dilan und Markus gleichzeitig: »Stimmt!«

Damals hatten sie sich darauf geeinigt, diese Szene auf sich anzuwenden und nicht nur um des

Sprechens willen zu plappern. Später hatten sie das Thema erneut angesprochen und waren sich einig, die Mahlzeiten schweigend zu genießen. Eine Ausnahme von der Regel erlaubten sie sich nur, wenn sie wenig gemeinsame Zeit hatten und es etwas Dringendes zu besprechen gab. Nach einem prüfenden Blick stand Dilan kurz auf, um ihre und Markus´ Tasse mit frischem Kaffee zu füllen. Sie machte sich eine geistige Notiz, ihn später zu loben, dass er die Stempelkanne mitgenommen hatte. Zum Inventar des Hauses gehörte nur eine simple Kaffeemaschine, die ein deutlich schlechteres Ergebnis geliefert hatte.

Nach der Mahlzeit meinte Dilan: »Ich glaube, wir können das meiste für heute Mittag stehen lassen. Es ist ja nicht mehr so warm, dass etwas verderben könnte.«

»Sehe ich genauso«, stimmte Markus zu, »bereit für das Meer?«

Entsetztes Quietschen begleitete die Antwort: »Du willst aber nicht wirklich bei diesen Temperaturen ins Wasser steigen?«

»Ich bin nur halb wahnsinnig, nicht ganz. Aber du wirst sehen, barfuß durchs Meer laufen kann man auch jetzt.«

Dilan schüttelte sich und zeigte ihm einen Vogel. Trotzdem packte er ein Handtuch in den Rucksack mit der Thermoskanne Tee. Er war sicher, dass sie seinem Beispiel folgen würde, wenn er erst mit den nackten Füßen im Wasser stand. Hand in Hand brachen sie auf und waren schon kurze Zeit später an dem kleinen Strand neben dem Hafen. Wie erwartet zog Dilan sich nur Sekunden nach ihm Schuhe und Socken aus und folgte ihrem Gefährten ins Wasser. Erschreckt quietschend lief sie gleich wieder raus. Das Meer war aber auch wirklich frostig. Sie wollte es allerdings nicht auf sich sitzen lassen, weicher zu sein, als er und kam zögerlich zurück ins Wasser. Einige Meter weiter wurde es beiden zu kalt und sie stapften ein Stück den Strand hoch zu einer vergessenen Liege. Obwohl er wusste, dass es sie verlegen machen würde, wollte Markus sich nicht den Scherz verkneifen, Dilan die Füße zu säubern und abzutrocknen. »Lass das«, protestierte sie schwach, wissend, dass dies zwecklos war.

»Wenn du mir jetzt auch noch Socken und Schuhe anziehst, gibt es Schläge!«

»Hatte ich nicht vor«, gab Markus zurück, »ich mag alles an dir lieber aus- als eingepackt. Da würde ich mir ja selber mit schaden.«

»Theoretisch macht es keinen Unterschied, wer von uns beiden das erledigt, am Ende sind die Füße in jedem Fall angezogen. Praktisch fühle ich mich nicht wohl, wenn du es tust. Ich bin doch keine Prinzessin, die einen Ankleidesklaven hat!«

Markus lachte laut auf: »Ich betrachte das nicht als Sklavenarbeit. Meine Mutter nennt so was Liebesdienst.«

»Nenn es, wie du willst«, murrte Dilan, »ich möchte es nicht.«

»Ruhig, Brauner. Wie schon gesagt, ich hatte zu keinem Zeitpunkt geplant, mehr zu tun, als deine Füße abzutrocknen.«

Nun hatte er sie auf hundertachtzig.

»Nenn mich noch einmal ›Brauner‹«, zischte sie.

»Ich glaube, ich habe es dir schon an die hundert Mal gesagt, dass ich das nicht leiden kann.«

Beschwichtigend antwortete Markus: »Tut mir zehntausendfach leid. Aber Übertreibung hast du schon gut von mir gelernt.«

Das war die richtige Aussage. Mit einem lauten Kichern hellte Dilans Miene sich wieder auf.

»Ach, geh doch und spiel auf der Autobahn«, warf sie ihm an den Kopf, »gib mir lieber mal den Tee, mir ist kalt! Was hältst du davon, langsam zurück zu spazieren und bis zum Mittagessen vor dem Kamin zu kuscheln?«

Den ersten Teil konnte er ungeschriebenen Regeln ihrer Beziehung zufolge nicht unkommentiert stehen lassen.

»Steck doch deinen Kopf in einen laufenden Außenborder«, schoss er zurück.

Eng umschlungen umrundeten sie das Dorf und warfen sich dabei die ganze Zeit derartige Nettigkeiten an den Kopf. Wer keine Antwort mehr fand, würde den anderen ausgiebig verwöhnen müssen. Dummerweise waren sie inzwischen beide geübt und das Spiel zog sich meistens eine ganze Weile hin. Sich weiter kabbelnd, ließen sie sich mit den Decken vor dem Kamin nieder. Eine halbe Stunde später brachte Markus lautstark knurrender Magen Dilan so aus dem Konzept, dass sie nicht in angemessener Zeit eine Antwort fand.

»Du hast gewonnen. Lass uns essen.«

Nach der Mahlzeit legten sie sich wieder faul vor den Kamin und dösten ein. Zufällig wachten sie beinahe gleichzeitig auf und blickten sich tief in die Augen. Langsam ging Dilan mit ihrer Hand auf Wanderschaft, um ihre ›Spielschulden‹ zu begleichen.

Einige Zeit später lagen die beiden erschöpft nebeneinander. Dilan murmelte: »Ich hätte ja Hunger, aber ich bin zu faul, aufzustehen.«

»Nix da«, protestierte Markus, »wir haben so selten Gelegenheit, zusammen auszugehen! Lass uns duschen, das weckt die Lebensgeister.«

»Ja, wenn man so wahnsinnig ist, wie du«, kicherte Dilan, »und eiskalt duscht. Wenn ich so schlapp bin, macht mich die Dusche nur noch schläfriger!«

Markus bohrte seinen Finger an der Stelle in ihre Rippen, wo sie am kitzligsten war und raunte: »Keine Ausrede!«

Kreischend sprang sie auf und zog ihm die warme Decke weg, bevor sie die Flucht ergriff. Auf der Hälfte der Treppe hatte er sie wieder eingeholt. Er gab ihr einen spielerischen Klaps auf den knackigen Po und schob sie dann beiseite. An ihr vorbei hastend rief er: »Der letzte ist eine lahme Ente!«

»Quak quak«, entgegnete Dilan, die zu faul war, um auf das Spiel einzugehen. Außerdem wäre das Wasser in der Dusche schon warm, wenn sie nach ihm dort ankam.

Nach der gemeinsamen Dusche zogen die beiden sich an und wanderten gemütlich ins Dorf. Da Markus genau wusste, dass Dilan genauso gerne guten Fisch mochte, wie er, kam nur das Fischrestaurant mit dem bezeichnenden Namen ›Fischkutter‹ in Betracht. Das Prinzip dieses Restaurants war so simpel wie überzeugend: Es gab keine Speisekarte, sondern lediglich einen gemischten Teller mit dem Tagesfang. Beilagen konnten aus zwei Sorten saisonalem Gemüse und Reis oder Kartoffeln gewählt werden. Je nach Laune des Kochs gab es manchmal eine Vorsuppe – und wehe dem, der sie ausschlug! Zum Dessert gab es, solange Markus das Restaurant kannte, stets nur Eis von der Eisdiele gegenüber. Nie mehr als drei Sorten.

Sie hatten doppelt Glück. Zum einen war einer der nur sechs Tische verfügbar, was am Wochenende selten vorkam. Meistens musste man etwa eine halbe Stunde an der Theke warten, bis ein Tisch frei wurde. Der zweite Glücksfall war, dass der Koch offensichtlich bester Laune war. Sie hatten kaum Platz genommen, als er schon persönlich eine duftende Fischsuppe servierte. Dazu stellte er einen Korb auf den Tisch, in dem frisch im Steinofen hinter dem Haus gebackenes Brot lag.

Markus war vor ein paar Jahren mal mit dem Mann ins Gespräch gekommen und wurde – für norddeutsche Verhältnisse - überschwänglich begrüßt: »Markus, du alte Rückenflosse! Schön, dass du mal wieder den Weg hierher gefunden hast. Und was hast du da für eine Prinzessin aus tausendundeiner Nacht mitgebracht?«

Der stellte die beiden kurz einander vor und erwiderte: »Ecki, du Fischreuse! Ich freue mich auch, endlich wieder hier zu sein. Vor allem deine köstlichen Fischsuppen habe ich sehr vermisst.«

Geschmeichelt rief der Koch über die Schulter: »Kathrin, bring mal zwei von dem Guten für Tisch fünf.«

Markus freute sich – ›der Gute‹ war ein Schnaps, den Ecki selber brannte. Immer mit dem, was er gerade billig oder geschenkt bekam. Dieses Mal war es ein ausgezeichneter Birnenbrand, den sogar Dilan mit Genuss trank, die sonst keinen Schnaps außer Rakı zwitscherte. Ecki verabschiedete sich in die Küche und murmelte im Weggehen etwas von ›später wiederkommen, wenn nicht zu viel los ist‹. Dann kam seine Frau Kathrin an den Tisch und meinte: »Dich brauche ich nicht zu fragen, du nimmst sicher den weißen Hauswein. Und für die Dame?«

Die schaute ein wenig verloren und meinte dann: »Schwierig, so ganz ohne Karte. Was gibt es denn?«

»Die üblichen Softdrinks, Jever, Hauswein weiß und rot, beides in trocken oder lieblich, Kaffee, Tee.«

»Markus, du trinkst bestimmt trocken? Dann schließe ich mich an.«

Kathrin nickte und raunte: »Ihr habt echt einen guten Tag erwischt. So blendend war Ecki das ganze Jahr noch nicht gelaunt. Und dass er was von unserem persönlichen Brot für Gäste raus- rückt, habe ich nie erlebt! Ein Onkel, den er genau einmal gesehen hat, hat ihm fast eine Million ver- macht, weil er sich mit seiner Familie überworfen hat. Die Kohle ist heute auf dem Konto eingegan- gen.«

Da Markus Kathrin ganz gut kannte, wusste er, was er sich bei ihr herausnehmen konnte und scherzte: »Für eine Norddeutsche bist du aber gerade extrem gesprächig. Pass auf, dass du nicht alle Worte für den restlichen Abend auf ein- mal verbrauchst.«

»Ach, hör doch auf, du Bayer«, entgegnete Kath- rin gespielt mürrisch. Dann marschierte sie zur

Theke, um einige Minuten später mit den Getränken zurückzukehren.

»So, zweimal weiß trocken« – und weg war sie wieder.

Dilan probierte und schloss genießerisch die Augen. »Das ist der beste ›Hauswein‹, den ich je getrunken habe. Normalerweise ist Hauswein doch eher Bahndamm Nord.«

»Die berühmte Zu-spät-Lese«, ergänzte Markus, »die nennen das nur so, weil sie öfter die Sorte wechseln. Wenn du, wie ich, höchstens einmal im Jahr hier bist, bekommst du ausgesprochen selten zweimal den gleichen Wein. Ecki ist auch da sehr eigen.«

Kurze Zeit später kam Kathrin wieder an den Tisch und kommentierte: »Mit der Suppe seid ihr fertig, wie ich sehe. Hat sie euch geschmeckt?«

»Ecki hat sich mal wieder selbst übertroffen. Überwiegend Seezunge, richtig?«, entgegnete Markus.

»Jou. Das Brot lasse ich hier. Wenn ihr das zurückgehen lasst, ist Ecki euch die nächsten fünf Jahre böse. Was möchtet ihr für Beilagen? Grünkohl mit Kartoffeln untereinander oder Brokkoli mit Reis und Zitronensahne?«

Dilan wählte den Brokkoli, Markus den Grünkohl. Als Kathrin außer Hörweite war, schüttelte Dilan sich und meinte: »Du isst Grüüüüüünkohl?«

Markus nickte und antwortete: »Zu Hause esse ich den auch nicht, aber nach Ecki-Art ist der einfach nur ein Traum!«

»Na ja, jeder so, wie er mag«, kam die geraunte Antwort.

Etwa fünfzehn Minuten später brachte Kathrin zwei riesige Pizzateller, auf denen sich Seezunge, Makrele, Hering und Aal türmten. Auch die Beilagen zeichneten sich durch gewaltige Mengen aus. Dilan motzte gespielt: »Hättest du mich nicht warnen können, nicht meine enge Jeans anzuziehen? Wenn ich das alles esse, musst du mir die mit der Schere runter schneiden!«

Zur Entgegnung grinste Markus breit: »Hättest du auf mich gehört?«

Dilan schüttelte resigniert den Kopf. Dann nahm sie ihre Gabel und klaute ein Häppchen von dem Grünkohl. »Wow, du hast recht, so ist der echt lecker. Du willst nicht zufällig tauschen?«

Markus schüttelte den Kopf und entgegnete: »Ich könnte mich darauf einlassen, dass wir mit den Beilagen halbe halbe machen, aber ein kompletter Tausch kommt nicht infrage!«

Dilan zog kurz eine Flappe und grummelte: »Na gut, besser als nichts.«

Sie probierte von dem Fisch und schloss verzückt die Augen: »Das ist der beste Fisch, den ich jemals in Deutschland gegessen habe. Nicht einmal Baba kann deutsche Meerestiere so gut zubereiten. Der kann nur Mittelmeerfisch.«

»Den dafür aber umso besser!«

Wie gehabt genossen sie ihr Mal schweigend – bis auf die Nachbestellung des Weins. Nachdem die Teller endlich leer waren, stöhnte Dilan: »Puh, wenn ich nur ein einziges weiteres Reiskorn esse ...«

»Pfefferminzblättchen«, entgegnete Markus und spielte damit auf einen berühmten Sketch an, in dem ein Vielfraß tatsächlich platzte, nachdem der Kellner ihn zum Verzehr eines Pfefferminzblättchens genötigt hatte.

Dilan schaute sich verstohlen um und wickelte dann das nicht verzehrte Brot in eine Serviette, um es in ihre Handtasche zu packen.

»Wir wollen ja nicht, dass der Chef schmollt«, wisperte sie.

Nur wenige Sekunden später kam Kathrin an den Tisch, um abzuräumen.

»Da die Teller leer sind, hat es euch offensichtlich geschmeckt. Eis?«

Entgeistert stöhnte Dilan: »Danke, für mich auf gar keinen Fall. Ich platze gleich.«

Markus nickte bestätigend.

»Dann vielleicht noch einen vom Guten, damit der Fisch schwimmt?«

Markus wusste aus Erfahrung, dass es zwecklos wäre, abzulehnen und nickte. Kaffee würde er hier nicht bestellen. Den gab es nur aus einer fast dreissig Jahre alten Filtermaschine. Da würde er lieber bis ›zu Hause‹ warten und einen ordentlichen Espresso zubereiten. Zum Glück war das Häuschen mit einer hochwertigen Maschine ausgestattet. Den Kontrast hatte er nie verstanden – simple Filtermaschine für Kaffe, aber eine nicht gerade preiswerte Espressomaschine ...

Die beiden genossen den Schnaps, dann bat Markus um die Rechnung – die sich zu seinem Ärger Dilan schnappte. Die kommentierte: »Guck nicht so! Du hast die Fahrtkosten und die Miete für das Haus, da werde ich doch wohl das ausgezeichnete Essen bezahlen dürfen!«

Sie schaute erstaunt auf den handgeschriebenen Zettel, auf dem ein lächerlich geringer Betrag vermerkt war.

Auf dem Heimweg erklärte Markus: »Das Haus gehört den beiden, sie haben keine Personalkosten und wollen nur genug verdienen, um ein angenehmes Leben zu führen. Ecki würde höhere Preise als ›ungerechtfertigte Bereicherung‹ betrachten.«

»Na ja, gut und schön, aber das ist doch deutlich mehr wert!«

»Du darfst nicht vergessen, dass die Portionen, die wir bekommen haben, eine Art Freundschaftsrabatt sind. Nicht jeder Gast bekommt sein Essen auf Pizzatellern.«

»Ich verstehe. Was hältst du davon, wenn wir noch ein paar Meter gehen, damit das Essen besser rutscht? Wenn du dich jetzt auf mich legen würdest, müsste ich mich wahrscheinlich übergeben – und auf dem Bauch schlafen wäre genauso wenig nicht drin.«

Markus nickte zustimmend und antwortete: »Ich wollte dir ohnehin noch etwas zeigen. 500 Meter um die Ecke ist eine urige Kneipe, die fünf eigene Sorten Bier braut. Eins davon ist von der Art, die du gerne magst.«

Dilan musterte ihn kopfschüttelnd von oben bis unten: »Du hast einen Knall. Auf die Unmenge an Essen willst du noch ein Bier kippen? Dann müssen wir aber einen deutlich weiteren Weg zu dem Laden nehmen. Im Moment würde ich nicht mehr als einen Schluck in mich rein bringen.«

Nachdem die beiden etwa zehn Minuten durch die Straßen geschlendert waren, fragte Dilan: »Wärst du enttäuscht, wenn wir das Bier ausfallen lassen? Ich bin müde und möchte einfach noch etwas mit dir kuscheln, bevor wir schlafen.«

»Nö, gar kein Problem. Klingt nach einer fantastischen Alternative.«

Dilan schubste ihn heftig und knurrte gespielt verärgert: »Ich bin keine Alternative!«

Schnell küsste Markus sie und entgegnete dann: »So war das doch gar nicht gemeint! Natürlich ist kuscheln mit dir viel besser, als Bier trinken und nicht nur eine Alternative.«

»Das will ich dir auch geraten haben!«

Gemütlich bummelte das Paar zurück zu ihrer Unterkunft und kuschelte sich dort ins Bett. Schon nach knapp fünfzehn Minuten schlief Dilan tief und fest in Markus Armen. Der wollte sich gerade in eine bequemere Position drehen und auch schlafen, als der Messenger mit dem hirnrissigen Namen ›Pingpong‹ sich meldete. Da den fast ganz Indonesien benutzte, bestand Rose auf dessen

Verwendung. Das hatte nur den einen Vorteil, dass Markus gleich am Ton erkannte, wer ihm schrieb. Da seine Frau extrem zickig werden konnte, wenn er nicht schnell antwortete, griff er zum Smartphone und öffnete die App. Rose textete: ›Wir kommen morgen Abend gegen neun nach Hause. Bist du so lieb, zwei Portionen Sushi für uns zu besorgen?‹

Markus bestätigte kurz und kuschelte sich wieder an Dilan, um ebenfalls zu schlafen.

Alles hat ein Ende

Am nächsten Morgen wachte Dilan untypisch früh auf und küsste Markus wach. Der zog die Augenbrauen hoch und scherzte: »Willst du unseren letzten Tag so gut wie möglich nutzen? Du bist doch sonst eher das Murmeltier.«

»Halt den Mund und küss mich!«

Eine Stunde später verschwanden beide in die Bäder, dann bereitete Markus das Frühstück vor. Als Dilan nach unten kam, küsste sie ihn zärtlich in den Nacken und brummte anerkennend, als sie ihren Kaffee griff. Nach zwei Schlucken fragte sie: »Hast du für heute noch irgendwas geplant außer der Rückfahrt? Wann müssen wir eigentlich los?«

»Mit etwas Sicherheitsreserve gegen fünfzehn Uhr. Dann könnte ich dich allerdings nur schnell hochbringen und müsste direkt weiter.«

»Och nööö, lass uns gegen eins fahren, damit wir uns in Ruhe verabschieden können. So ein schönes Wochenende verdient keinen überstürzten Abschied!«

Markus nickte zustimmend und beantwortete den ersten Teil der Frage: »Wenn du einverstanden bist, würde ich nach dem Frühstück gerne noch mal ein Stündchen am Strand spazieren.

Anschließend möchte ich dich zum Mittagessen vernaschen.«

Dilan rollte kichernd mit den Augen: »So eine Formulierung kann auch nur von dir kommen. Aber das ist ein Plan, der voll und ganz meine Zustimmung findet.«

Nach einem frühen Mittagessen packten die beiden schweren Herzens ihre Taschen, dann traten sie wehmütig den Heimweg an. Es wäre ihnen leichter gefallen, wenn sie wüssten, dass sie einen solchen Ausflug bald wiederholen könnten.

Zu Hause angekommen begleitete Markus Dilan in ihre Wohnung. Kaum hatten beide die Taschen abgestellt, zerrte sie ihn zum Sofa, wo sie eine leidenschaftliche Knutscherei startete. So verbrachten sie die restliche Zeit, bis der Alarm von Markus Uhr zum Aufbruch mahnte. Dilan gab sich zwar alle Mühe, sich zu beherrschen, konnte aber trotzdem nicht verhindern, dass ihr zwei Tränchen über die Wangen kullerten. Sie schniefte: »Das war eine tolle Zeit mit dir. Sie verstärkt nur leider den Wunsch, wir könnten eine echte Beziehung haben!«

»Ich weiß, das geht mir ganz genauso. Aber bitte lass uns versuchen, es nicht schwerer zu machen, als es ohnehin schon ist. Was hast du nächste Woche für eine Schicht?«

»Ich habe früh, genau wie du. Holst du mich um kurz nach sechs ab?«

Markus nickte, drückte sie ein letztes Mal kräftig und gab ihr einen dicken Kuss, dann verabschiedete er sich.

Im Auto schaltete er - mehr, um sich abzulenken – DEN Sender ein, wo die letzten Takte eines Liedes liefen. Dann begann der Sprecher: »Geehrte Zuhörer, während des letzten Liedes haben wir eine Nachricht von der Presseabteilung der Partei erhalten. Auf der heutigen Sitzung wurde ein Maßnahmenpaket ›Klimalüge‹ verabschiedet. Wie Sie wissen, anerkennt die DDW den angeblichen Klimawandel nicht. Mit sofortiger Wirkung wird die Förderung von Elektroautos eingestellt. Diese Fördergelder gehen nun an Käufer eines neuen Verbrenners mit vorgeschriebenen Mindestwerten betreffend Leistung und Hubraum. Die Details können Sie im Informationsportal nachlesen. Ebenso werden unverzüglich alle Beihilfen zur Umrüstung von Unternehmen auf angeblich klimafreundlichere Ausstattung ausgesetzt. Wie wir alle wissen, benötigen die Pflanzen CO_2, um Sauerstoff zu produzieren. Folglich widerspricht es dem gesunden Menschenverstand, den Ausstoß dieses Gases zu reduzieren. Bitte lesen Sie weitere Maßnahmen des Paketes im Infoportal nach. Einen schönen Abend.«

Markus hätte fast vor Schreck das Lenkrad verrissen. ›So dumm kann doch niemand sein‹, dachte er.
Wütend hämmerte er auf der Taste für den Sendersuchlauf herum, um schnell echte Ablenkung zu bekommen.

Zu Hause angekommen stellte er rasch das Sushi in den Kühlschrank, bevor er hastig seine Tasche auspackte und zurück in den Schrank legte. Keine Minute zu spät – er hatte gerade die Schranktür geschlossen und sich auf den Weg nach unten gemacht, als die Haustür aufging. Moritz wirbelte ihm entgegen und sprang in seine Arme. Einmal kurz drücken, dann war er schon wieder weg. Mitten im Sprint zum Sofa rief er flüchtig über die Schulter: »Ich soll dir von Mama sagen, du sollst ihr beim Tragen helfen.«

Das war Markus ohnehin klar gewesen. Jedes Mal, wenn Rose von einem Besuch bei Freunden oder Verwandten kam, brachte sie mindestens doppelt so viele Taschen und Tüten mit nach Hause, wie sie mitgenommen hatte. Unter Indonesiern war es üblich, sich gegenseitig ausgiebig zu beschenken. Der Gast hatte Geschenke mitzubringen, bekam aber im Gegenzug entweder Präsente oder zumindest Unmengen Essensreste. Für Besuch musste sich die Tischplatte unter der Last des Essens durchbiegen, folglich blieb stets reichlich übrig, was dann zwischen den Gästen aufgeteilt wurde. Denn wenn sich Besuch ankündigte, wurden meistens weitere Freunde eingeladen.

Markus schlenderte zum Auto und staunte, welche Unmengen in das kleine Gefährt passten. Rose begrüßte ihn mit einem flüchtigen Kuss auf die Wange und reichte ihm dann Gepäckstücke an. So chaotisch sie sonst in vielen Angelegenheiten war, insbesondere die Tüten mit den Lebensmitteln durften ausschließlich in der von ihr festgelegten Reihenfolge in die Küche gebracht werden. Sie hatte einen festen Plan in ihrem Kopf, was sie zu welchem Zeitpunkt an welchem Ort verstauen würde. Da Markus einmal erlebt hatte, was passierte, wenn er ihre Ordnung durcheinanderbrachte, hütete er sich davor, diesen Fehler nochmals zu begehen.

Weit über eine halbe Stunde dauerte es, bis endlich alle Tüten in der Küche und die Taschen im Flur waren. Dann durfte er als Handlanger die Beutel auspacken und Rose den Inhalt anreichen. Sie war anscheinend bester Laune, denn sie begann, Konversation zu machen: »Hast du eben Parteiradio gehört?«

»Meinst du das Stichwort Klimalüge?«

»Ja, genau. Ich bin zwar nicht so gebildet wie du, aber sogar ich weiß, dass die nicht mehr alle Mangos am Baum haben. Gibt es nicht eine Menge wissenschaftlicher Untersuchungen zu dem Thema?«

Markus grinste breit bei ihrer lustigen Formulierung, dann antwortete er: »Natürlich gibt es die. Nach Meinung der Partei sind die aber alle fehlerhaft, gefälscht oder was immer. Hallo Moritz. Was du gerade hörst, ist definitiv kein Thema für die Schule, klar?«

Der Junge legte theatralisch die linke Hand auf die Brust und hob die Rechte: »Ich schwöre feierlich, dass kein Wort über meine Lippen kommen wird.«

Dann prustete er im Chor mit seinen Eltern los. Nachdem sie sich wieder beruhigt hatten, meinte Rose: »Ich räume alleine weiter, mach du schon mal Moritz bettfertig. Die letzte Nacht war etwas kurz und er muss morgen wieder fit für die zweite Woche Arscheright äh Unterricht sein.«

»Mamaaaaaaa«, schrie Moritz empört auf, »du hast mir versprochen, dass ich noch mindestens eine Stunde zocken darf!«

»Nein, habe ich nicht. Geh mit deinem Vater duschen, ihr stinkt beide wie Orang Utans!«

Markus schnüffelte verstohlen an sich und schüttelte sich – sie hatte recht.

Moritz drehte ihr eine lange Nase und entgegnete schnippisch: »Weißt du eigentlich, was du willst? Sonst sagts du immer, wir sind Orang Puteh, jetzt sind wir Oran Utan?«

(Anmerkung von Eva: Orang Puteh ist indonesisch und bedeutet ›weißer Mensch‹ – meistens abwertend verwendet.)

Blitzschnell sprang er zurück, um einem Klaps zu entgehen. Da er seine Mutter gut genug kannte, um zu wissen, wann er besser klein beigab, zog er seinen Vater in Richtung Treppe. Rose rief ihnen hinterher: »Markus, was hast du nächste Woche für eine Schicht?«

»Früh!«

»Na toll, das bedeutet ja, dass ich die ganze Woche erst am Nachmittag zum Sport kann.«

Markus antwortete mit einem Achselzucken und verzog sich mit seinem Sohn nach oben. Da er wusste, dass die Stimmung seiner Frau nun im Keller war, trollte er sich mit einem Buch ins Bett, nachdem er Moritz schlafen gebracht hatte.

Evas zweite Zwischenbilanz

Weiterhin läuft alles streng nach Plan. Ihr würdet es nicht glauben, dass ihr erst zwei Stunden träumt. Gut, dass die Erbauer an viele Details gedacht haben. Dadurch, dass ein Teil der Kontrollstrahlen über Mobilfunkmasten verteilt wird – dass ihr die nicht ersetzt habt, ihr Trottel – kann ich die Dosierung bereichsweise anpassen. In einigen Einrichtungen mit vielen Senioren zeigten sich Anfänge von negativen Auswirkungen. Nachdem ich dort die Intensität der Strahlen ein wenig reduziert hatte, fingen die Alten sich recht schnell wieder. Wie schon gesagt, ich habe nicht vor, euch zu schaden, im Gegenteil!

Ihr werdet allerdings noch ein paar Stunden leiden müssen. Einige besonders harte Punkte habe ich mir bis zum Ende aufgespart.

Eine unerwartete Einladung

Am nächsten Morgen parkte Markus pünktlich um sechs bei Dilan an der Hintertür. Die zeigte in eine gering frequentierte Gasse. So konnten die beiden sich wenigstens relativ gefahrlos zur Begrüßung küssen. Zu ihrem großen Bedauern hatten sie nur in den Wochen Gelegenheit zu ausgiebigen Zärtlichkeiten, wenn beide Spätdienst hatten. Die Überschneidung gab es zwar recht häufig, da Markus in der angenehmen Lage war, den Dienstplan für seine Abteilung zu schreiben. Dennoch bedauerten sie es beide, wenn sie andere Dienste hatten, da ihre Nähe dann für ihren Geschmack deutlich zu kurz kam. Frühdienst ging so einigermaßen. Meistens nahm Markus Dilan mit zum Flughafen und nach der Schicht fanden sie eine Stunde Zeit für sich. Seine Mittelschicht hingegen war für beide ein Graus. Üblicherweise hatte sie dann Früh, sodass sie sich morgens nicht sehen konnten, und abends klappte es auch nur selten.

Heute war jedoch ein guter Tag. Rose hatte Moritz zum Kampfsport angemeldet. Die beiden verliessen etwa zu Markus Dienstende das Haus und kamen erst gegen 19.30 Uhr zurück. Diese Zeit konnten die Geliebten problemlos miteinander verbringen.

Kurz vor dem Flughafen vollzogen sie das übliche Abschiedsritual an der Bushaltestelle, bevor beide ihren Dienst antreten mussten.

Markus Arbeit begann recht ruhig – der Wochenenddienst hatte keine Buchungen erhalten und die Kunden hielten sich noch mit Anfragen zurück. Kurz nach neun kam Elias ins Büro – pünktlich war der nur in seltenen Ausnahmefällen – und sagte nach der üblichen Begrüßung: »Stephan kommt heute schon was früher. Sobald Franz seinen Mitteldienst angetreten hat, treffen wir uns in seinem Büro.«

Markus nickte zustimmend und begann, über den Grund des Meetings zu grübeln. Er war sicher, dass er sich in den letzten Tagen nichts hatte zuschulden kommen lassen. Ungewöhnliche Ereignisse im Betriebsablauf gab es genauso wenig. Er beendete seine Überlegungen ohne Ergebnis, als das Telefon klingelte. Das ging wie aus heiterem Himmel fast eine Stunde pausenlos so weiter, dann riss es wieder ab.

Nachdem Markus endlich die unzähligen Anfragen bearbeitet hatte, war eine zusätzliche Stunde vergangen und Franz kam zur Tür herein, dicht gefolgt von Stephan. Er stellte seine Tasche ab und auf ein Nicken folgten Markus und er ihrem Chef in sein Büro. Auf dem Weg sammelten sie Elias ein. Einem unumstößlichen Ritual folgend verteilte Stephan zunächst Kaffee an alle. Dann ergriff ausnahmsweise er anstatt Elias als Erster das Wort: »Ihr habt heute Abend einen Termin. Neunzehn Uhr in der Burg der Krune. Offiziell wird bei dieser Veranstaltung eure Mitgliedsbewerbung geprüft. Die müsst ihr nebenbei bemerkt noch unterschreiben.«

Er schob den beiden ausgefüllte Formulare über den Tisch.

»Den inoffiziellen Anlass werdet ihr euch sicher denken, daher erwähnen wir ihn an dieser Stelle nicht.«

Elias beugte sich vor: »Es kommt zwar ein wenig spät, aber wir wollten dir zu deiner hervorragenden Arbeit mit Silver Moon Air in Istanbul gratulieren. Der Vertrag wurde nicht nur anstandslos verlängert, sondern sogar erweitert. Die sind mit den Stuttgartern unzufrieden und lassen ab nächsten Monat ihre Flieger bei uns warten.«

Stephan warf ein: »Das war ein sehr kluger Schachzug von dir, nebenbei zu erwähnen, dass wir seit zwei Monaten Lizenzen für beide Flugzeugtypen haben, die von Silver Moon betrieben werden. Der Großmann hat mir erzählt, dass sie ihn am selben Abend angerufen und sich nach seiner Zufriedenheit mit unseren Leistungen erkundigt haben.«

Elias ergriff wieder das Wort: »Für heute Abend gibt es nicht viel zu beachten. Ihr könnt in zivil kommen. Unbedingt solltet ihr pünktlich sein, eure privaten Telefone zu Hause oder im Auto lassen und auf jeden Fall die Diensthandys mitbringen. Offiziell haben wir darüber gesprochen, dass nächste Woche der Vorvertrag über den Kauf eines weiteren Fünfundvierzigers geschlossen wird. Diese Information ist nicht geheim, da dürft ihr gerne drüber sprechen.«

Markus runzelte die Stirn: »Sollten wir dann nicht ein paar Hintergrundinfos bekommen? Welcher Flieger, von wem, ist er schon fertig auf Ambulanz ausgerüstet?«

Stephan nickte zustimmend: »Du hast recht. Es ist einer der beiden Jets von Green Star in Dublin, die letzten Monat geschlossen wurden. Die EI-ICU ist exakt so ausgestattet, wie unsere Vögel und kann nach Kauf innerhalb recht kurzer Zeit zugelassen werden. Nun habt ihr euch aber lange genug vor der Arbeit gedrückt!«

Nur mit Mühe gelang es Markus, seinen Frust vor den Kollegen zu verbergen. Wegen der miserablen Parkplatzsituation rund um die Burg musste er sich fast eine Stunde früher von Dilan verabschieden. Das würde nicht auf Begeisterung stoßen.

Da der Tag ereignislos blieb, forderte Franz seinen Kollegen schon eine Stunde vor Schichtende auf, doch endlich nach Hause zu gehen. Markus nahm das gerne an, da Dilans Schicht in wenigen Minuten endete. Normalerweise wartete sie eine Stunde in einem Café auf Markus. Schnell fuhr er durch die Ausfahrt der Kontrollstelle und hielt die Augen offen. Am Briefkasten sah er die vertraute Silhouette und rieb sich die Hände. Wenn sie auf der Seitenstraße zum Café alleine sein sollte, könnte er sie überraschen. Doch der Zufall machte ihm einen Strich durch die Rechnung. Weil ihn ein Rettungswagen mit jaulender Sirene überholte, drehte Dilan sich zu dem Geräusch und sah sein Auto. Sie hüpfte begeistert auf und ab und gestikulierte wild in Richtung der Seitenstraße. Markus verstand und wartete in der kleinen Parkbucht am Anfang der Straße auf sie. Nach einem verstohlenen Blick zu allen Seiten stieg seine Geliebte ins Auto und drückte ihm einen flüchtigen

Kuss auf – mehr wollten beide in der Nähe des Flughafens nicht riskieren.

»Ich habe eine gute und eine weniger schöne Nachricht, welche zuerst?«

»Die gute dürfte sein, dass du früher frei hast. Und die blöde?«

»Mein Chef hat mir für heute Abend einen Termin reingewürgt. Deshalb muss ich dich leider fast eine Stunde früher verlassen, als sonst.«

Dilan rollte genervt mit den Augen: »Also haben wir im Prinzip nichts gewonnen. Der ist doch doof, Mann. Kann der sich nicht einen anderen Tag aussuchen?«

Markus entgegnete achselzuckend: »Ich glaube, der hat den Termin auch nur vom Senior aufgedrückt bekommen. Der lässt sich zwar so gut wie gar nicht mehr in der Firma blicken, aber er spielt immer noch im Hintergrund mit. Kein Wunder, er bezahlt ja auch alles.«

»Na ja, dann lass uns halt das Beste draus machen und fahr schnell zu mir. Wir wollen doch keine Zeit damit verlieren, über Fakten zu schimpfen, die man ohnehin nicht ändern kann.«

Der Aufforderung kam Markus nur zu gerne nach.

Bei Dilan angekommen, folgten sie ihrem Ritual und tranken erst gemeinsam Kaffee. Sie fragte: »Hast du am Freitag Zeit? Und kannst du Jonas fragen, ob er auch Zeit hat? Azra hat heute wieder so viel Frust geschoben, dass ich unsere kleine Verschwörung so bald wie möglich in Gang bringen will.«

»Freitag geht, da ist Rose normalerweise mit Moritz bei einer Freundin. Sie lässt sich ja nicht von dem Gedanken abbringen, dass sie den Jungen für die Tochter ihrer Kumpanin ›reservieren‹ kann und die heiraten, sobald sie volljährig sind. Dabei sind die beide noch in einem Alter, wo sie das andere Geschlecht eher doof finden. Ich kann Jonas gleich antickern, wenn du willst.«

Dilan erwiderte kopfschüttelnd: »So ein Blödsinn. Das war früher schon eine beknackte Idee, als es üblich war. Heute ist es noch absurder. Alles verändert sich so schnell, es weiß doch keiner mehr, ob er nicht schon morgen wegen irgendeines Unsinns verhaftet oder ausgewiesen wird. Und ja, schreib ihm gleich, dann kann ich Azra klar machen, bevor sie was anderes plant.«

Markus schrieb seinem Freund schnell eine Nachricht, trank seinen Kaffee aus und schlenderte zu Dilan. Er legte ihr eine Hand in den Nacken, zog sie zu sich heran und küsste sie. Sie erwiderte den Kuss leidenschaftlich. In derselben Sekunde, als sie sich voneinander lösten, ertönte Markus merkwürdiges Nachrichtensignal mit der irrwitzigen Bezeichnung ›Rattlesnake on Speed‹. Er schaute kurz auf seine Uhr und sah Jonas Namen. Dilan hatte ihm über die Schulter geschaut und fragte neugierig: »Was sagt er?«

»Er hat Zeit und schlägt vor, dass wir uns um acht im Captain Blaubart treffen. Wenn ihr gegen neun dazu kommt, ist das relativ unverfänglich.«

»Captain Blaubart? Wo ist denn das? Und was ist das für ein Laden? Du denkst daran, dass Azra die Sache mit dem Schwein etwas enger sieht, als ich? Falls ihr Ferkel essen solltet, wäre es besser, wenn ihr bis zu unserem Eintreffen fertig seid.«

»Das ist direkt an der Haltestelle 5-13 Richtung Sülz.«

Genervt rollte Dilan ihre großen, dunkelbraunen Augen so weit nach oben, dass nur weiß zu sehen war: »Den Sinn dieser Umbenennung habe ich nie verstanden. Haltestelle Nummer fünf der Linie dreizehn. Was ist denn gegen Namen wie ›Escher‹ oder ›Nußbaumer Straße‹ einzuwenden? Zugegeben, eine Verkürzung hätte einigen Stationen wie ›Venloer Straße/Gürtel‹ gutgetan, aber diese Nummern? Ausgemachter Kuhmist!«

»Ich vermute, außer den Verantwortlichen hat niemand den Sinn so wirklich verstanden. Man sagt, das Hauptargument war, dass es den Funkverkehr der Einsatzkräfte deutlich effizienter macht.«

»Ist ja auch egal. Es ist, wie es ist, und wir müssen damit leben. Genug davon, lass uns was kuscheln, bis du losmusst – oder möchtest du unbedingt mit mir schlafen?«

Markus kannte Dilan inzwischen gut genug, um zu wissen, dass sie nicht in Stimmung war und das Angebot nur ihm zuliebe machte. Obwohl er durchaus gerne Sex gehabt hätte, stimmte er zu: »Kuscheln ist fein. Dann haben wir dafür die Zeit mehr, die ich sonst vor dem Termin erneut duschen müsste.«

Den Rest dachte er sich lieber nur – wenn es sich ergeben würde, ein bisschen zu fummeln, wäre das schön, sonst halt an einem anderen Tag.

Da die beiden schon oft bei ihren Treffen die Zeit völlig aus den Augen verloren hatten, hatte Markus sich angewöhnt, einen Alarm zu programmieren. Als dieser losging, seufzten beide anhaltend. Sie schauten sich tief in die Augen und umarmten sich noch einmal innig. Auf dem Weg zur Tür fragte Dilan: »Morgen?«

»Worauf du wetten kannst. Ich sehe nachher noch mal nach und sage dir Bescheid, aber ich glaube, morgen sind die beiden auch lange unterwegs.«

Sie zog einen Schmollmund: »Ach, das ist schade. Morgen kann ich nur unsere übliche Stunde. Baba hat sehr deutlich durchblicken lassen, dass ich ihn schon zu lange nicht mehr besucht habe, tut mir leid.«

Markus öffnete den Mund und Dilan, die genau wusste, was jetzt kommen würde, stimmte ein: »Es ist, wie es ist.«

Nach einem letzten Kuss verabschiedete Markus sich schweren Herzens und machte sich auf den Weg zu seinem geheimnisvollen Termin.

Ein konspiratives Treffen

Wie er es von seinem Großvater gelernt hatte, traf Markus exakt fünf Minuten vor der Zeit in der Burg der ›Jröne Krune‹ ein. Er wurde an der Tür von einem Mann empfangen, den er zwar schon gesehen hatte, aber nicht zuzuordnen wusste. »Werther«, stellte sein Gegenüber sich mit Bass-stimme vor, »halten Sie sich links in den Rats-saal.«

Jetzt wurde Markus klar, woher er den Mann kannte – es handelte sich um Werner Werther, den Inhaber des größten Bestattungshauses in Köln. Er folgte der Aufforderung und betrat den Saal. An der Stirnseite thronte ein großer Tisch, an dem der elf Mann starke Rat saß. Davor standen zahlreiche kleine Vierertische. Stephan entdeckte ihn und winkte ihn an seinen Tisch, an dem auch Elias wartete. Der zog fragend die Augenbrauen hoch: »Was von Franz gehört? Der wird sich doch nicht verspäten?«

Das letzte Wort war kaum gesprochen, da kam der Gesuchte an den Tisch und nahm Platz. Stephan tippte kurz »Vollzählig« in seine Nachrichten-App.

Am Ratstisch erhob sich Walter van Grit, Stephans Vater, der den Vorsitz hatte. Er schlug sein Glas an und legte los: »Willkommen alle zusammen. Zunächst versichere ich Ihnen, dass die gesamte Burg mehrmals auf Abhörgeräte und Ähnliches untersucht wurde und sauber ist. An Tisch sieben begrüßen wir unsere neuen Mitglieder Markus Hambach und Franz Schmied. Es handelt sich um Mitarbeiter meines Sohnes Stephan, der sie als vertrauenswürdig eingestuft hat. Da uns allen klar ist, dass die Mitgliedschaft lediglich der Tarnung gilt, wird ihren Anträgen hiermit ohne die übliche Zeremonie stattgegeben. Meine Herren, das bedeutet jedoch, dass Sie handeln müssen, wie vollwertige Mitglieder. Teilnahme an Veranstaltungen der ›Krune‹ sind verpflichtend. Nur die Montur brauchen Sie nicht selber anzuschaffen, da Ihre Mitgliedschaft ja eher unfreiwillig ist. Der Ordnung halber stoßen wir dennoch auf unsere neuen Mitglieder an. Dreimool Kölle ...«

»Alaaf«, antwortete der ganze Saal lautstark.

Nach einem großen Schluck aus seinem Kölschglas fuhr der Senior fort: »Wir sind uns alle einig, dass sehr bald und nachhaltig etwas gegen die DDW unternommen werden muss. Die Partei muss schnellstmöglich abgesetzt werden. Idealerweise sollten ferner Maßnahmen ergriffen werden, die verhindern, dass sie danach jemals wieder an die Macht kommt. Wir beginnen mit einem offenen Brainstorming. Jeder darf in den Raum werfen, was ihm in den Sinn kommt. Mag es noch so unsinnig erscheinen, möglicherweise kann man es in einem anderen Kontext doch aufgreifen. Ah, ich sehe, einer unserer Neuen möchte sich scheinbar profilieren. Bitte, Herr Schmied.«

Franz erhob sich und schlug vor: »Wäre es denkbar, in die HAARP-Anlage Wittmund einzudringen? Sie haben doch in Ihrer Zentrale in Rodenkirchen eine fähige IT. Möglicherweise finden die eine Möglichkeit, die Anlage zu unserem Nutzen zu verwenden.«

Ein fassungsloses Raunen rollte durch den Saal. Van Grit meinte leicht tadelnd: »Sie scheinen größere Stücke auf unsere IT zu halten als ich selber. Darüber hinaus sollte jedem bekannt sein, dass die Anlage mit einem Passwort mit fünfzehn Stellen gesichert wurde. Mit der heutigen Rechenleistung gilt das als unknackbar.«

Franz Diensthandy machte sich bemerkbar. Er las die Nachricht und zeigte sie wortlos Stephan und Elias. Sein Chef fluchte leise: »So eine Scheiße, das hätte nicht passieren müssen.«

Er stand auf und drehte sich zum Ratstisch: »Vater, wir müssen zum Flughafen. Die Kilo Kilo hat einen Vogel verspeist und ist in Cochin gestrandet. Wir müssen sehen, wie wir schnellstmöglich den Patienten dort wegkriegen.«

Der Senior nickte knapp und entließ damit die Vier, die bereits zum Ausgang hasteten.

Auf dem Parkplatz der Burg, der privilegierten Mitgliedern vorbehalten war, wies Stephan an: »Wir fahren alle mit meinem Auto. Der Lars wird euch wieder her kutschieren, sobald wir fertig sind.«

Die drei anderen zuckten zeitgleich zusammen. Ihr Chef fuhr in seiner Freizeit Karambolage-Rennen und ähnlich verhielt er sich in ihren Augen ebenfalls auf der Straße. Beim letzten Mal, als Markus mitgefahren war, hatte er sich dem Tod näher gefühlt, als dem Leben.

Etwa auf halber Strecke kuckte Elias auf sein immer stumm geschaltetes Handy und berichtete: »Es gibt einen vielversprechenden Ansatz. Der Werther hat gute Vorarbeit geleistet und eifrig recherchiert. Er kann fünf Mitgliedern der Regierung finanzielle Machenschaften nachweisen, die zwingend zu ihrem Rücktritt führen müssen. Und der Lawas hat bei weiteren drei Ministern ausgiebigen Missbrauch der Regierungsflugzeuge für private Zwecke entdeckt. Wenn wir das anonym der breiten Masse bekannt machen können, sind wir auf einen Schlag die halbe Regierung los.«

»Die anonyme Verbreitung macht mir Kopfzerbrechen«, entgegnete Stephan.

»Sie arbeiten im Moment daran, eine Lösung zu finden. Die originellste Idee ist bisher, über verschlungene Pfade in Belgien den Druck von Flugblättern in Auftrag zu geben, die dann von der belgischen Airline KVE über Deutschland abgeworfen werden. Die haben zehn kleine Schulungsflieger, die dafür geeignet sind.«

Franz warf ein: »In der Größe sehe ich ein Problem. Die können nicht genug Zettel ausbringen, um eine ausreichende Anzahl von Menschen zeitgleich zu informieren. Und sobald jemand von der Partei mitbekommt, welchen Inhalt die Blättchen haben, dürfen sie garantiert nicht erneut in den deutschen Luftraum einfliegen.«

Die anderen nickten zustimmend und Stephan kommentierte: »Wie gesagt, es ist eine Idee, an der noch gefeilt werden muss.«

Am Flughafen angekommen, stürzten sie sich gleich in die Arbeit. Erst kurz vor eins hatten sie alle dringlichen Probleme gelöst. Stephan sah Markus an: »Du hast natürlich morgen keinen Frühdienst. Den übernimmt Otto. Das ist schon geregelt. Franz, übernimmst du bitte Spät?«

Markus sah seinen Kollegen nicken, während er innerlich jubelte. Dilan hatte frei und Rose würde bis zum späten Nachmittag unterwegs sein.

Nachdem der Techniker Lars Markus an seinem Auto abgesetzt hatte, schickte er als Erstes eine Nachricht mit der frohen Kunde an Dilan. Erstaunt zog er die Augenbrauen hoch, als keine fünf Sekunden später ein Anruf einging. »Du bist wach?«

»Ja, ich hatte massiv Ärger auf der Arbeit und konnte einfach nicht einschlafen. Aber mit der guten Nachricht klappt es bestimmt. Was denkst du, wann kannst du bei mir sein?«

»Was hältst du von elf zu einem späten Frühstück? Soll ich Simit mitbringen?«

Erfreut rief Dilan aus: »Früher, als ich gedacht hätte. Das ist toll. Du brauchst nichts mitzubringen, ich habe versucht, meinen Frust mit backen abzubauen. Hat zwar nicht geklappt, aber Simit habe ich für mindestens zwei Tage, selbst wenn du mit isst. Ich freue mich auf dich, Canım! Gute Nacht.«

»Gute Nacht Canım, schlaf gut und träum von mir!«

Fehlgeleitete Pläne

Am Morgen schlich Markus müde zu seinem Auto. Erst nach zwei war er im Bett gewesen. Er stieg ein und schaltete den Regierungssender ein. Gestern hatte die wöchentliche Sitzung stattgefunden und er befürchtete neue Beschlüsse, die genauso wenig Gutes bedeuten würden, wie die bisherigen. Er wurde schnell bestätigt: »Guten Morgen. Gestern wurde ein neues Gesetz zur Entwicklungshilfe verabschiedet. Die finanziellen Mittel müssen künftig von deutschen Unternehmen in den entsprechenden Ländern vorrangig so eingesetzt werden, dass Fluchtursachen bekämpft werden. Es wird dadurch ein deutlicher Rückgang der Migration erwartet. Wie immer finden Sie den gesamten Inhalt des Beschlusses online. Bleiben Sie informiert!«

Gut, das würde zumindest die meisten Bürger nicht so massiv belasten wie zahlreiche andere Gesetzte. Nur finanzielle Beeinträchtigungen für das Land würden je nach Umfang der neuen Maßnahmen nicht ausbleiben.

Kurze Zeit später wurde Markus stürmisch von Dilan begrüßt: »Schön, dass du endlich da bist.«

»Ich freue mich auch. Was gab es denn gestern?«

»Oh nein! Lass uns erst in Ruhe frühstücken, dann erzähle ich dir alles.«

Als sie in die Küche kamen, staunte Markus nicht schlecht. Seine Geliebte hatte es geschafft, so enorme Mengen Essen auf den Tisch zu türmen, dass die einzigen freien Flecken die Teller waren. Wie immer genossen sie ihr Mahl schweigend. Nach einer motivierenden Umarmung räumten sie gemeinsam den Tisch ab und schlenderten dann mit ihren Kaffeebechern ins Wohnzimmer. Da er nicht bohren wollte, sah Markus Dilan nur fragend an. Die rollte mit den Augen: »Hat das nicht wenigstens Zeit, bis wir uns geküsst haben?«

Wortlos beugte er sich vor, zog sie zu sich und drückte seine Lippen auf ihre. Etliche Minuten später trennten sie sich voneinander und nahmen beide einen großen Schluck Kaffee. Dann legte Dilan los: »Der Wagenbauer war gestern Objektleiter und das ist so ein extrem Parteitreuer. Irgendwann hat er angefangen, Azra zu schikanieren, und ich dusselige Kuh konnte meine Klappe nicht halten. Der hat mich sofort ablösen lassen und hat erst mal die Ausrüstung geprüft. Weil ich kurz nach Dienstbeginn bei der Kontrolle eines Lkw hängen geblieben bin, hatte meine Jacke einen Riss. Zack, neue Jacke selber bezahlen! Von derselben Inspektion hatte meine Hose einen großen Fleck, weil der Fahrer eine Pottsau war und irgendeine eklige Schmiere auf dem Beifahrersitz hatte. Zack, neue Hose selber zahlen! An meiner Taschenlampe, die nebenbei bemerkt seit über fünf Jahren im Einsatz ist, war etwas Lack abgeplatzt. Dreimal darfst du raten. Richtig! Zack, neue Lampe selber zahlen. Insgesamt soll ich jetzt 441,30 Euro blechen. Dann hat er mal eben für den gesamten restlichen Monat und für den kommenden meinen Dienstplan geändert. Sieben Wochen lang die miese Schicht von sechs bis sechzehn Uhr, sechs Wochen kein freies Wochenende, sieben Wochen nur einen freien Tag pro Woche.«

Markus sah dicke Tränen über ihr Gesicht kullern und nahm sie tröstend in den Arm. »Hast du die Kohle flüssig oder soll ich dir helfen?«

»Danke, lieb von dir. Ich habe das Geld, aber eigentlich wollte ich damit nächsten Monat endlich die Nase richten lassen. Ich kann diese falsch verwachsene Fraktur nicht mehr sehen. Ach, ist ja eh egal. Mit dem beschissenen Dienstplan kann ich das ohnehin nicht machen.«

Sie kuschelte sich eng an ihren Geliebten und drückte ihn fest. Dann zuckte sie einmal kurz und war schlagartig eingeschlafen.

Markus löste sich sanft von ihr, um sich einen weiteren Kaffee zu holen. Dann setzte er sich wieder neben sie und legte einen Arm um sie. Zum Zeitvertreib wischte er durch diverse Nachrichtenseiten. Das meiste, was er dort las, besserte seine Laune nicht.

Eine Stunde später wachte Dilan wieder auf und fiel gleich stürmisch über Markus her. Sie küsste ihn wild und ließ ihre Hände über seinen Körper gleiten. Als er die Zärtlichkeiten erwidern wollte, wackelte sie drohend mit dem Zeigefinger: »Halt still und genieß, bis ich dir etwas anderes sage!«

Immer abwechselnd küsste sie ihn und zog ihm ein Kleidungsstück aus. Als er nackt war, glitt sie mit Zunge und Lippen über seinen ganzen Körper. Wieder wollte Markus sich revanchieren, doch sie hielt einfach seine Hände hinter seinem Rücken fest. Ganz das Biest, das sie sein konnte, sparte sie die empfindlichsten Stellen aus, bis er das Gefühl hatte, er würde bald explodieren. Nach einer gefühlten Ewigkeit ließ sie ihren Morgenmantel fallen, unter dem sie nackt war und flüsterte nur: »Jetzt du genauso!«

Nur zu gerne kam Markus dieser Aufforderung nach. Er verwöhnte sie ausgiebig, bis sie sich unter ihm wand und versuchte, ihm die Stellen entgegenzustrecken, die sie liebkost haben wollte. Doch er hatte die feste Absicht, Gleiches mit Gleichem zu vergelten, und entzog sich ihr jedes Mal. Nach einer Weile konnte Dilan es nicht mehr aushalten. Sie schubste ihn in die Kissen und setzte sich blitzschnell auf ihn. Die beiden liebten sich leidenschaftlich und blieben hinterher matt auf dem Sofa liegen, bis Markus Uhr Alarm schlug. Dilan seufzte: »Dreck, ist es schon wieder so weit?«

Markus nickte bedauernd. Die beiden küssten sich ausgiebig, dann zog er sich an und verabschiedete sich schweren Herzens.

Problemlösung der besonderen Art

Am nächsten Morgen fuhren Dilan und Markus wieder gemeinsam zum Flughafen. Die unschöne Dienstplanänderung galt erst ab der kommenden Woche. Er hielt an der üblichen Bushaltestelle, um sie aussteigen zu lassen. Sie sah sich aufmerksam um und gab ihm einen dicken Kuss, da die Luft rein war. Während sie die Tür öffnete, fragte sie: »Treffen wir uns nach Dienst hier oder kommst du zu mir?«

»Ich komme zu dir, ich werde heute vermutlich nicht pünktlich fertig werden. Wir haben unser monatliches Meeting.«

»OK, dann bis nachher, lass dich nicht ärgern.«

»Du dich auch nicht!«

Als Markus zum Büro kam, standen Stephan und Elias rauchend vor der Tür. Er stellte seinen Laptop ab und gesellte sich dazu. Den Anfang hatte er verpasst, aber er hörte noch genug, um Stephans Rage zu verstehen: »... schaffen die Drecksäcke die Vermögens- und Erbschaftssteuer ab und erhöhen dafür die Gewerbesteuer drastisch. Die Abschaffung mag zwar vorteilhaft für das Privatvermögen meines Vaters sein, aber für den Konzern bedeutet es enorme fünf Prozent höhere Steuerbelastung! Wie soll man da noch wirtschaftlich arbeiten?«

Elias nickte zustimmend: »Die geplante Entlastung von Geringverdienern finde ich lobenswert, aber eine derartige Erhöhung ist unter aller Sau. Eigentlich könnten wir den Laden zumachen und uns alle an die Supermarktkasse setzen. Kein Kopfzerbrechen, mit den reduzierten Steuern genug Geld, um halbwegs bequem zu leben.«

Markus warf ein: »Lasst ihr wenigstens prüfen, ob rechtliche Schritte dagegen möglich sind?«

Stephan lachte trocken: »Falls du dich erinnerst, haben wir das einmal versucht. Hat uns mehrere Hunderttausend gekostet und nichts gebracht. Nein, das Kerosin ist verbrannt. Jetzt aber ab an die Arbeit. Wir haben Verträge vorzubereiten!«

Nach Schichtende zog Dilan sich rasch um, holte ihre Waffe ab und machte sich auf den Weg zur Bushaltestelle. Während sie den Parkplatz vor der Registration überquerte, bekam sie ein mulmiges Gefühl. Dort standen fünf Fahrzeuge, die ihr vage bekannt vorkommen. Es waren alles Sportmodelle teurer Limousinen mit getönten Scheiben, Spoiler und Sportauspuff. Nicht zu vergessen natürlich Niederquerschnittreifen. Was sie aber besonders stutzig machte, war die Tatsache, dass bei allen die Kennzeichen komisch aussahen. Jedes hatte vorne drei Buchstaben, also von irgendwelchen Landkreisen in der Pampa. Aber jedwedes trug eine andere Buchstabenkombination. Die Einzige, die sie kannte, war FFB für Fürstenfeldbruck. Das hatte sie sich nur merken können, weil ihr Bruder immer witzelte, es bedeute ›Frisches Freibier‹. Der Folgebuchstabe hingegen war bei allen Fahrzeugen identisch, ebenso die Zahlenkombination. Sie schüttelte unwirsch den Kopf und schalt sich, warum sie sich über Angelegenheiten Gedanken machte, die sie ohnehin nichts angingen. Als sie jedoch nur wenige Augenblicke später sah, wie die Fahrzeuge langsam anfuhren und in Kolonne hinter ihrem verhassten Vorgesetzten Wagenbauer her rollten, änderte sie ihre Meinung. Möglicherweise betraf es sie mehr, als ihr klar war. Als der Mann den Personalparkplatz betrat, beschleunigten die Fahrzeuge und fuhren in Richtung Ausfahrt. Achselzuckend tat sie die Szene ab und trottete weiter zum Bus.

Einige Zeit später klingelte es bei Dilan. Sie schlurfte grummelnd zur Tür. Sie hatte es nur geschafft, sich umzuziehen. Eigentlich hatte sie sich mehr für Markus zurechtmachen wollen. Aber letzten Endes überwog die Vorfreude, ihn schon in einer Minute im Arm zu haben. Schritte polterten auf der alten, mit teilweise losen Fliesen belegten Treppe, dann kam ihr Geliebter mit einem gewaltigen Grinsen zur Tür herein. Sie schaute ihn fragend an: »Hast du dein Gehalt verdoppelt bekommen oder was grinst du fast im Kreis?«

Anstatt einer Antwort lachte Markus und zog sie in seine Arme. Nach einem schnellen Schmatzer auf den Mund flüsterte er ihr ins Ohr: »Ich habe eine kleine Überraschung für dich, die dir bestimmt gefallen wird. Lass uns aufs Sofa gehen.«

Dort angekommen nahmen die beiden Platz und kuschelten sich aneinander. Markus öffnete seine Tasche und zog ein Tablet heraus. Dilan runzelte die Stirn: »Was denn, du hast mir doch schon letztes Jahr so ein Teil zum Geburtstag geschenkt?«

»Das Gerät ist ja auch nicht die Überraschung, sondern etwas, was darauf ist!«

Er rief den Dateimanager auf und blätterte zum Ordner ›Videos‹. Dort lag eine große Datei, die erst vor kurzer Zeit erstellt worden war. Diese startete er.

Auf dem Bildschirm erschien eine Szene, die aus einem Auto heraus gefilmt worden war. Vor dem betreffenden Auto fuhr ein Fahrzeug, das sie als das ihres Vorgesetzten erkannte. Zu ausgiebig hatten sich einige Kollegen darüber aufgeregt, was der Mann für ein astronomisches Gehalt bekommen müsse, um sich so einen Wagen leisten zu können. Sie sah, wie ›das Filmauto‹ sich zurückfallen ließ. Dafür setzte sich eines der dunklen Fahrzeuge hinter Wagenbauer, die sie eben gesehen hatte. Zwei Ampeln später bog der Wagen ab und einer der anderen nahm seinen Platz ein. Das wiederholte sich in unregelmäßigen Abständen, bis der Verfolgte in eine kleine Gasse einbog. Das Auto, aus dem gefilmt wurde, folgte ihm. Dann schwenkte kurz die Kamera und zeigte, wie eines der anderen Fahrzeuge die Passage blockierte. Ein weiterer Schwenk und die Kamera zeigte wieder nach vorne. Langsam fuhr am anderen Ende der Gasse ein weiteres dunkles Auto vor und blockierte sie auch von dieser Seite. Der Kameramann stieg aus und zeigte, wie von beiden Seiten bedrohlich aussehende, sehr kräftige, maskierte Männer näher kamen. Entgegen aller Vernunft stieg Wagenbauer aus und klopfte sich drohend mit einem gewaltigen Schlagstock in die Hand. Die Maskierten lachten und zogen ihrerseits diverse Schlaginstrumente, von Baseballschlägern über Schlagstöcke bis hin zu riesigen Schlagringen. Sie umringten den Mann, der seine Waffe kleinlaut fallen ließ. Einer der Maskierten ergriff das Wort: »Uns ist zu Ohren gekommen, dass du gerne Mitarbeiter schikanierst, die nicht deutscher Abstammung sind.«

Dilan quietschte: »Der klingt genau wie Hassan!«

Markus zischte kurz »Pscht«, denn der Mann sprach schon weiter: »Wir haben jetzt genau zwei Möglichkeiten. Entweder, du leistest einen heiligen Eid, das ab sofort sein zu lassen, oder du siehst dich sehr unangenehmen Konsequenzen gegenüber!«

Wagenbauer grinste spöttisch und entgegnete: »Was sollen denn das für Konsequenzen sein? Wenn ihr mich verprügelt, werde ich die Schikanen nur noch steigern, sobald ich wieder gesund bin.«

Die Männer lachten und ein anderer antwortete: »Eine so geringe Strafe verdienst du nicht. Als erste Maßnahme würden alle deine Kollegen ein Video erhalten, das zeigt, wie du vor laufender Webcam an dir selber spielst. Übrigens wäre mir das mit deiner bescheidenen Ausstattung eher peinlich, aber jeder, wie er mag. Ich kann mir nicht vorstellen, dass es dir Recht wäre, wenn deine

Kollegen das zu sehen bekommen. Wenn das noch nicht reicht, bekommt die Landesregierung Beweise vorgelegt, dass du Mitglied in dem Motorradklub bist, der als kriminelle Vereinigung eingestuft ist. Sie könnten gar nicht anders, als dir deine Zuverlässigkeitsüberprüfung zu entziehen, womit du deinen Job los wärst. Wie entscheidest du dich?«

Mit bebender Stimme antwortete der Mann: »Ich schwöre, ich werde mir ab sofort nichts mehr zuschulden kommen lassen. Alle Mitarbeiter werden gleichbehandelt.«

»Du wirst auch alle Ungerechtigkeiten wie willkürliche Dienstplanänderungen und finanzielle Strafen rückgängig machen!«

»Ja, ja, alles, was ihr verlangt. Dafür verlange ich aber einen Beweis, dass ihr nach, sagen wir drei Monaten guter Führung das belastende Material vernichtet.«

Die Maskierten lachten laut: »Das kannst du vergessen! Denk nach! Wir wollen doch nicht, dass du in dein altes Schema zurück fällst, sobald wir dir diesen Beweis liefern. Außerdem, wie kannst du sicher sein, dass wir nicht noch Kopien des Materials irgendwo gespeichert haben? Tu, was wir dir sagen und stelle keine Forderungen. Du bist nicht in der Position dafür!«

Wagenbauer nickte nur stumm und zog den Kopf ein. Die Männer forderten ihn auf, in seinen Wagen zu steigen, dann zogen sie sich zurück und gaben die Gasse frei. Das Video endete.

Dilan schaute Markus mit weit aufgerissenen Augen an: »Jetzt schuldest du mir eine Erklärung. Woher weiß Hassan davon?«

»Denk mal an den Vorfall vor zwei Jahren, wo Hassan in Izmir von einem Motorrad plattgebügelt wurde. Wir haben ihn mit dem Ambulanzjet nach Hause geholt. Wie der Zufall es wollte, habe ich genau auf diesem Einsatz meinen jährlichen Erfahrungsflug gemacht und seitdem kenne ich Hassan.«

Dilan machte wilde Gesten für ›weiter‹: »Das erklärt nur einen Teil. Hast du es ihm gesteckt?«

»Nein. Ich habe vor einer Weile herausgefunden, dass Azra ihn ebenfalls kennt und ihr nahegelegt, mal mit ihm darüber zu sprechen. Wie du sagtest, war sie ja auch massiv betroffen.«

»Und das Video?«

»Ich habe nicht länger gearbeitet, sondern mich mit Hassan getroffen und er hat mir das Video gegeben. Ich sollte es dann bei nächster Gelegenheit Azra zeigen. Keine Sorge, von uns weiß er immer noch nichts.«

»Das sollte besser so bleiben«, entgegnete Dilan, »so liberal ist er auch wieder nicht, dass er eine Affäre gutheißen würde.«

Markus strich ihr beruhigend über den Rücken und meinte dann: »Bleibt es eigentlich bei unserer Verschwörung für morgen? Konntest du Azra überzeugen, dass sie dringend mal raus muss?«

»Ja, sie war ganz begeistert. Wir kommen aber erst gegen zehn, weil sie unbedingt vorher ins Kino möchte. Sie sagt, da war sie schon fünf Jahre nicht mehr. Kannst du dir das vorstellen?«

Markus nuschelte schnell »OK«, bevor seine Lippen die seiner Geliebten trafen. Er hatte aus dem Augenwinkel die Uhr gesehen und festgestellt, dass er nicht mehr viel Zeit hatte. Nur zu gerne erwiderte Dilan seine Zärtlichkeiten.

Die Verabredung zum Kuppeln

Markus saß im Captain Blaubart und trommelte ungeduldig mit den Fingern auf den Tisch. Pünktlichkeit war noch nie Jonas Stärke gewesen, aber mehr als eine Viertelstunde verspätete er sich nur selten. Im selben Moment erhielt er eine Nachricht. ›Bin in 5 min da, bestell mir schon mal ein Bier. Gürtel war gesperrt, Bahn kam nicht weiter.‹ Markus kam der Aufforderung nach und bestellte gleich ein Bier für sich nach. Die Kellnerin Linda hatte selbst bei brechend vollem Lokal die Ruhe weg. So trafen Kölsch und Jonas gleichzeitig am Tisch ein. »Grüß dich, Linda«, meinte er und hielt Markus die Hand zum Abklatschen hin.

»So ein Dreck. Da wusste mal wieder so ein beknackter Lkw-Fahrer nicht, wie hoch seine Karre ist und hat die Oberleitung abgerissen. Und natürlich hat es ewig gedauert, bis die Ersatzbusse kamen. Ich wäre sonst ausnahmsweise vor dir hier gewesen.«

Als Markus zu einer Erwiderung ansetzte, forderte Jonas ihn mit einer Geste zum Schweigen auf. Er hatte aus dem Augenwinkel auf dem stets eingeschalteten, aber meistens gestummten Fernseher das Logo der Partei gesehen und rief:

»Linda, mach mal lauter. Da scheint eine Ankündigung zu kommen!«

Die Kellnerin leistete Folge, doch die ersten Worte gingen in der typischen Geräuschkulisse einer gut gefüllten Kneipe unter. Erst, als Linda auf volle Lautstärke drehte, war der Sprecher zu verstehen. Schon nach den ersten verständlichen Worten verstummten alle Gespräche.

»... Sondersitzung wurde heute beschlossen, mit sofortiger Wirkung die Laufzeit aller deutschen Atomkraftwerke zu verlängern, solange nicht die ausschließlich heimische Versorgung aus alternativen Quellen sichergestellt ist. Der Import von Strom aus risikobehafteten ausländischen Kernkraftwerken ist weder für den Wirtschaftsstandort Deutschland förderlich, noch trägt er zur Reduzierung von Risiken durch unsichere Anlagen bei. Die zentrale Endlagerung von Brennstäben in kaum zugänglichen Stätten wird ebenfalls sofort eingestellt. Die Reststoffe müssen sicher in jederzeit erreichbaren, geschützten Lagerstätten aufbewahrt werden, um sie aufbereiten zu können, sobald der technische Fortschritt es zulässt. Eine zukünftige Ersetzung der Kernkraft ist denkbar, daher muss mit Hochdruck an alternativen Energiequellen geforscht werden. Wie immer finden

Sie umfangreiche Informationen online. Bleiben Sie informiert! Einen schönen Abend und danke für Ihre Aufmerksamkeit.«

Als der Vorspann eines Spielfilmes begann, stellte Linda den Ton wieder ab. Mitbekommen hätte man ohnehin nichts davon. An allen Tischen begannen hitzige Debatten zum soeben gehörten. Jonas machte da keine Ausnahme, er bemühte sich jedoch, gerade eben hörbar zu sprechen. Wer regierungskritische Aussagen tätigen wollte, tat gut daran, unliebsame Mithörer zu vermeiden. Als Linda sich ihrem Tisch mit den Speisekarten näherte, wechselten die beiden schnell das Thema und unterhielten sich übers Kochen, eines ihrer Lieblingsthemen.

»Erst in die Karte schauen oder gleich die Empfehlung?«

Die beiden sahen sich kurz an, dann antwortete Jonas: »Linda, du kennst uns doch. Wenn ihr nichts geändert habt, kennen wir die Karte auswendig, also hau raus!«

Breit grinsend erwiderte sie: »Stimmt – und weil ich euch kenne, möchtet ihr ganz sicher den Spanferkelbraten mit zweierlei Kraut und Bratkartoffeln.«

»Klingt ausgezeichnet. Und bring uns bitte noch zwei Bier.«

Beiden war die Lust vergangen, weiter unabänderliche Entscheidungen der Partei zu diskutieren. So verbrachten sie die Zeit, bis das Essen serviert wurde, damit, sich gegenseitig zu frotzeln. So hatten sie sich vor vielen Jahren kennengelernt. Sie hatten bei einer Veranstaltung zufällig am gleichen Tisch gesessen. Markus hatte sich ungeschickt angestellt und sich nahezu sein ganzes Essen über die Hose gekippt. Das hatte Jonas spöttisch kommentiert, er schoss zurück und schon hatte sich eine Kabbelei entwickelt. Als sie sich später ernsthaft unterhielten, stellten sie schnell fest, dass sie einander extrem ähnlich waren. Aus einer Verabredung zum Bier wurden viele, aus einer Unternehmung regelmäßige.

Linda hatte vor nur fünf Minuten die leeren Teller abgeräumt, da legten sich Hände auf Markus Augen und eine Stimme rief »Überraschung«. Als Dilan die Pfoten wieder wegnahm, sah er, dass Jonas die Kinnlade heruntergefallen war. »Donnerwetter«, raunte er, »du bist ja noch schöner als auf den Fotos, die Markus mir gezeigt hat. Und wen hast du da mitgebracht!«

Markus übernahm die offizielle Vorstellung: »Mädels, das ist mein bester Freund Jonas. Dilan hast du schon erkannt und das ist Azra, ihre Arbeitskollegin und Freundin. Möchtet ihr euch zu uns setzen oder habt ihr Angelegenheiten zu besprechen, die nicht für Männerohren bestimmt sind?«

Dilan gab ihm einen Knuff in die Seite: »Jetzt spiel hier nicht den Chauvi, das kauft dir sowieso niemand ab. Wir setzen uns gerne zu euch, es sei denn, wir stören euch.«

»Unsinn«, entgegneten die Männer im Chor.

Azra beugte sich vor: »Habt ihr schon gegessen? Was empfehlt ihr? Darf nur kein Schwein sein.«

»Linda ist allergisch gegen Schwein, deshalb gibt es hier ihre Lieblingspizza mit Rinderschinken anstelle von Serrano, dazu Rucola, Tomaten und Parmesan.«

»Das klingt schon sehr gut. Gibt es auch etwas Leichteres?«

»Klar. In dem Fall solltest du unbedingt den Wildkräutersalat mit Putenstreifen nehmen. Die Bratkartoffeln kannst du ja abbestellen, wenn die dir auch zu mächtig sind.«

Azra zog einen Schmollmund: »Ich bin keine Diätziege, aber es ist schon nach zehn und ein voller

Bauch schläft nicht gern! Aber das ist ein guter Tipp, den Salat nehme ich.«

Dilan schloss sich an.

Linda kam, um die Bestellungen aufzunehmen. Als Azra ein dunkles Weißbier bestellte, zog Markus erstaunt die Augenbrauen hoch. »Was denn?«, fragte sie, »hat das freche Stück wieder behauptet, ich esse aus religiösen Gründen kein Schwein? Stimmt nicht! Ich mag es nur nicht allzu gerne.«

Dilan schaffte das Kunststück, im gleichen Moment frech zu grinsen und entschuldigend mit den Achseln zu zucken. Das sah so komisch aus, dass die Jungs große Mühe hatten, nicht ihr Bier herauszuprusten. Azra rempelte die Freundin kurz mit dem Ellbogen an, dann zog sie ihre Jacke aus. Den Männern stockte fast der Atem. Sie trug eine knallrote, enge Bluse, die ihre üppigen Brüste betonte. Der Ausschnitt war tief genug, um einen schwarzen BH mit reichlich Spitze zu zeigen. Albern griff Dilan, über den Tisch und schob Markus spielerisch die Kinnlade hoch. Der meinte bewundernd: »Donnerwetter. Du siehst ja schon in der eher unvorteilhaften Dienstkleidung gut aus, aber das ist absolut umwerfend.«

Jonas stimmte ein: »Ganz genau. Ich glaube, für dich in dem Outfit muss ich die Bewertungsskala von eins bis zehn nach oben erweitern.«

Azra lief zartrot an und murmelte etwas auf Türkisch. Darauf entgegnete Dilan: »Nein, die Jungs haben recht. So habe ich dich auch noch nicht gesehen!«

Anstelle einer Antwort griff Azra zu dem Bier, das gebracht wurde und stürzte es fast zur Hälfte herunter. In der Pause schien ihr eine passende Entgegnung eingefallen zu sein: »Ach, hört doch auf! Ihr drei seht auch nicht gerade nach einem gemütlichen Kneipenabend aus. Und wollt ihr zwei bewusst als Zwillinge auftreten oder seid ihr zufällig fast gleich gekleidet?«

Dilan stutzte, weil ihr das gar nicht aufgefallen war. Die beiden trugen dunkle Jeans, die lediglich abweichende Farbnuancen aufwiesen. Die Hemden hatten denselben Farbton und unterschieden sich nur durch einen leicht anderen Schnitt. Jonas seufzte gespielt entnervt und rollte mit den Augen: »Da war sie wieder, die Zwillingsgeschichte. Was meinst du, Markus? Vor wie vielen Jahren hätten wir den Ruhestand antreten können, würden wir jedes Mal Geld für das Thema bekommen?«

Grinsend entgegnete Markus: »Vermutlich etwa zwei Jahre, nachdem wir uns angefreundet haben.«

Jetzt war es an Dilan, mit den Augen zu rollen: »Du und deine hundertfachen Übertreibungen! Ich wette fünftausend zu eins, ihr hört höchstens einmal im Jahr was in der Richtung.«

Jonas setzte zu einer Antwort an, wurde aber von Azra unterbrochen: »Sag mal, ich habe gehört, ihr fahrt recht regelmäßig zusammen weg, Jonas. Habt ihr schon Pläne für einen nächsten Trip?«

Jonas hob erfreut die Augenbrauen. Solange nicht Freunde aus dem gleichen Tätigkeitsfeld dabei waren, vermied er meist das Thema Arbeit.

»Müssen wir noch überlegen. Ich hatte mal Istanbul in den Raum gestellt, aber Markus war ja gerade erst ein paar Monate dort.«

Kichernd erwiderte Azra: »Hätte mir ja klar sein müssen, dass Markus bester Freund genauso maßlos übertreibt wie er. Du stehst also auf Istanbul?«

»Ja. Ich war mal ein halbes Jahr beruflich da. Ist fast so was wie meine zweite Heimat.«

Als die beiden sich immer weiter in ein angeregtes Gespräch vertieften, stieß Dilan Markus grinsend an.

Über zwei Stunden und einige Bier später waren Azra und Jonas nah zusammengerückt. Dieses Mal war es an Markus, seine Geliebte schmunzelnd in die Seite zu pieksen. Es war schwer zu übersehen, wie Azra immer wieder ›ganz zufällig‹ die Berührung mit Jonas suchte. Genauso offensichtlich war das diesem keineswegs unangenehm.

Eine weitere halbe Stunde später begann Dilan, oft und deutlich zu gähnen. Azra sah auf und fragte: »Nachwirkung der Frühschicht?«

»Ja«, entgegnete Dilan, »wenn es euch nichts ausmacht, würde ich mich jetzt gerne ins Bett verabschieden.«

Markus hakte an dieser Stelle ein: »Und ich bitte um euer Verständnis, dass ich sie nach Hause begleite. Es besteht ja immer ein Restrisiko, dass sich einer der Parteisäcke nicht fernhalten kann.«

Fast missbilligend wedelte Azra mit der Hand: »Nichts anderes hätte ich von dir erwartet.«

Dann sah sie Jonas fragend an: »Absacker? Im Schnapsbrenner?«

Der legte die Stirn in Dackelfalten. »Schnapsbrenner? Kenne ich nicht, wo ist der? Ach ja, tschüss ihr zwei, kommt gut nach Hause.«

Aus dem Augenwinkel sah Dilan im Gehen, dass die beiden noch näher zusammengerückt waren, und kicherte: »Mission erfüllt. Wetten wir, dass Jonas Azra nachher nicht nach Deutz bringt?«

»Ich halte nicht dagegen. Ich gebe denen höchstens zwei Stunden, bis sie in Jonas Bett liegen.«

»So genau will ich das gar nicht wissen. Aber ich würde mich nicht wundern, wenn ich es morgen erfahre.«

Sie überlegte kurz und fragte dann: »Denkst du, hier ist es sicher genug, dass ich mich wenigstens bei dir einhaken kann?«

Nachdenklich entgegnete Markus: »Du weißt mehr über deine Kollegen, als ich. Von meinen Leuten geht niemand hier aus und keiner wohnt hier. Aber was ist mit deinem ganzen privaten Umfeld?«

»Zwei Kollegen, die sich gut verstehen, sind sich zufällig im Restaurant begegnet. Eine Geschichte, die Azra untermauern kann. Er weiß von ihren Schwierigkeiten mit den Schlägern und ist Kavalier genug, sie nach Hause zu bringen. Sie hakt sich rein freundschaftlich bei ihm ein.«, grummelte Dilan.

»OK, OK!«, gab Markus zurück.

»Ich versuche nur, deiner üblichen Vorsicht gerecht zu werden.«

»Halt den Mund und gib mir deinen Arm!«

Sie spielte weiter die Grummelige, konnte aber ein Grinsen nicht ganz verbergen.

Ein paar Minuten später fragte Markus zögerlich und nachdenklich: »Hör mal, es ist zwar noch nicht ganz spruchreif, aber Rose hat heute erwähnt, dass sie in den Sommerferien mit Moritz nach Indonesien fliegen will.«

Hier wurde er von einem begeistertem Quietschlaut kurz unterbrochen.

»Denkst du, irgendeiner deiner Verwandten braucht in den ersten drei Wochen sein Ferienhaus nicht selber?«

Erneut stieß Dilan einen lauten Kieks aus, bevor sie antwortete: »Ist nicht dein Ernst, oder? Ich müsste demjenigen von uns erzählen und dann weiß es eine Stunde später die gesamte Familie. Um den Teil deiner Frage zu beantworten, der nur impliziert war: Ich könnte mir nichts Schöneres vorstellen, als drei Wochen mit dir zu verreisen, aber Türkei geht auf keinen Fall! Ich wollte schon immer mal in die Karibik, was denkst du?«

Markus zog die Augenbrauen hoch: »Mit dir ist jedes Ziel ein Traum. Aber lass uns erst mal abwarten. Zwar fliegt die normalerweise immer, sobald sie mal davon gesprochen hat, aber lieber warten, bis gebucht ist. Nichts fände ich schlimmer, als wenn wir uns voller Vorfreude in was rein steigern und dann enttäuscht werden.«

Dilan vollführte eine ihrer typischen Gesten, die im weitesten Sinn bedeutete: ›Hör schon auf. Entweder fang gar nicht erst damit an oder steig drauf ein!‹

Markus war klar, dass diese Geste kategorisch war, und hielt es für klüger, vorerst zu schweigen. Kurze Zeit später hielt sie die Stille nicht mehr aus: »Komm schon. Mir ist klar, dass noch nix in trockenen Tüchern ist. Dir sollte aber auch bewusst sein, dass du mit so einer Aussage sofort meine Fantasie in Fahrt bringst. Ich habe mal von einer Reise gelesen: Flug nach Jamaika, eine Woche dort, Schiff zur Dom Rep. Paar Tage dort, Schiff nach Kuba und ne Woche später Heimflug von dort. Wie klingt das?«

»Verlockend«, antwortete Markus.

»Sobald Rose bucht, würde ich mich genauer damit befassen. Und natürlich auch prüfen, ob man so was nicht auch selber zusammenstellen kann.«

»Ach ja, der Herr Pauschalreise-Hasser, ich vergaß.«

»Entschuldigung, dafür bin ich einfach zu lange mit Jonas unterwegs. Ich glaube, unser Trip während Corona war das erste und einzige Mal, dass der Pauschal gebucht hat.«

Inzwischen waren sie an der Hintertür von Dilans Haus angekommen. Die fragte mit nur zum Teil gespielt düsterer Miene: »Ich brauche wohl nicht zu fragen, ob du noch mit rein kommst?«

Nur mühsam unterdrückte Markus ein Augenrollen: »Du weißt, dass ich nichts lieber tun würde. Leider wäre es zu auffällig, weil ich in letzter Zeit selten nach Mitternacht heimgekommen bin, wenn ich mit Jonas unterwegs war.«

Dilan konnte in diesem Moment nicht gegen ihre Sehnsucht ankämpfen und bettelte: »Ach bitte! Nur für ein paar Küsse. Ist auf der Straße so unromantisch.«

Innerlich zuckte Markus mit den Achseln, weil er die Konsequenz einer Ablehnung nur zu gut kannte: »OK, aber bitte sei nicht böse, mehr ist wirklich nicht drin.«

Abgebrochener Lauf

Am Samstag trafen sich Jonas und Markus etwas später als üblich zum Laufen. Nach der Begrüßung sah Jonas seinen Freund fragend an: »Sag mal, du erwartest nicht ernsthaft, dass ich euch abkaufe, dass die Mädels ganz zufällig im Blaubär waren? Es gibt doch in der Umgebung vom Kino mehr als genug gute Läden.«

Grinsend zuckte Markus mit den Achseln: »Den Ort hast du vorgeschlagen. Der Rest ist auf Dilans Mist gewachsen. Azra war wohl extrem deprimiert, weil ihr Mann sie schon seit langer Zeit nicht mehr anrührt. Da ich mich sehr gut mit Azra verstehe und du mir sehr ähnlich bist, fand sie den Kuppelversuch naheliegend. Und behaupte nicht, dass es eine blöde Idee war!«

»Nene! Von mir aus hätte ich sie vermutlich nicht auf der Straße angesprochen, aber dann hätte ich was verpasst. So, wie es aussieht, haben wir jetzt beide eine Affäre mit einer ›Türkin‹, nur mit vertauschten Rollen, was die Ehe angeht.«

Lachend entgegnete Markus: »Hätte auch nicht gedacht, dass du es bei einem Mal belässt. Den detaillierten Erfahrungsbericht kriege ich dann nach dem Laufen. Lass uns mal loslegen.«

Jonas wackelte mahnend mit den Fingern: »Was das Anfangen betrifft, stimme ich dir zu. Aber du wirst von mir nicht eine Silbe mehr hören als du dich zu euren Bettgeschichten äußerst!«

Markus schüttelte den Kopf: »Du Doof, das ist mir klar. Ich wollte weder wissen, wie ihr euch vergnügt habt, noch, wie oft. Ich wollte nur wissen, ob ihr zwischen den Turnübungen auch mal angesprochen habt, wie es weitergehen soll. Ihr habt ja nicht den Luxus des gleichen Arbeitsweges.«

Während Jonas demonstrativ zum Warmlaufen antrabte, gab er zurück: »Wir haben das große Glück, dass sie fast nur Früh macht und ihr Mann überwiegend Nacht. Wenn wir wollten, könnten wir uns nahezu täglich nach meinem Feierabend sehen. Ich bin nur nicht sicher, ob ich das überleben würde.«

»Hah! Jetzt hast du ja doch was angedeutet. So unersättlich?«

»Da ihr Mann angekündigt hat, direkt von der Schicht zu einem Freund im Süden zu fahren, habe ich sie erst unmittelbar vor dem Laufen heim gebracht.«

Markus pfiff anerkennend. Nach einigen weiteren Aufwärmübungen begannen sie schweigend ihren

Lauf. Tempotraining und quatschen passte einfach nicht zusammen. Nur einmal fluchten sie auf einem langsamen Abschnitt über den Lärm eines viel zu tief fliegenden Flugzeugs und diskutierten kurz über das Muster.

Mitten in ihrem vorletzten schnellen Intervall ertönte der Donner einer gewaltigen Explosion. Die beiden blieben aus vollem Sprint wie angewurzelt stehen. Sie drehten sich langsam um die eigene Achse.

»Ach du beschissenes Parteibuch!«, schrie Jonas auf, als sein Blick in Richtung Stadtzentrum schweifte.

»Ausgekotzte Grünen-Wählerin!«, stimmte Markus ein.

Diese Art der Flüche hatten sie vor einiger Zeit aus Jux angefangen, als sie im stillen Kämmerlein gemeinsam gegen die DDW gewettert hatten.

»Los, lass uns schnell zu den Autos laufen und das Radio einschalten. Ich will wissen, ob Bahnhof oder Dom ausgebombt wurde«, rief Jonas.

Als sie einige Zeit später schnaufend auf dem Parkplatz ankamen, keuchte Jonas: »Mach Radio Rheinland an. Ist zwar eigentlich ein furchtbarer

Sender, aber denen traue ich am ehesten zu, dass sie schon eine Sondersendung gestartet haben.«

Markus startete sein Auto und klickte sich durch die Sender, bis er Rheinland gefunden hatte. Da er, wie Jonas kein Fan der Station war, hatte er sie nicht gespeichert.

»... einland mit einer Sondersendung zu den jüngsten Ereignissen, Heute um 14.14 Uhr wurde ein Flugzeug vom Typ Beechcraft 1900 vorsätzlich so in das Hauptschiff des Doms gesteuert, dass nahezu das gesamte Dach zerstört wurde, bevor das Wrack zu Boden stürzte. Wir haben soeben mit einem erfahrenen Piloten gesprochen, der viele Tausend Stunden auf dem Modell geflogen ist. Dieser sagte uns, die Wucht der Explosion und das Ausmaß des Feuers würden die Vermutung nahelegen, dass sich an Bord große Mengen Sprengstoff und mindestens zwei sogenannte Ferrytanks befunden haben müssten. Für uns Laien: Das sind Zusatztanks, die man für längere Überführungsflüge über Wasser einbauen kann.«

»Ach du dicker Ex-Kanzler!«, stieß Jonas hervor.

»Das ist doch der Kübel, über den wir eben noch geflucht haben, weil er zu tief über uns geknattert ist. Wir sollten uns als Zeugen melden. In so einer Situation hilft jedes Fitzelchen Information.«

»Du hast vermutlich recht.«, pflichtete Markus bei.

»Was für ein geisteskranker Naziwähler macht denn so was?«

Die Antwort ließ nicht lange auf sich warten – sie kam aus dem Radio und unterbrach getragene, dem traurigen Anlass entsprechende Musik.

»Liebe Hörer, vor wenigen Augenblicken erschien auf unseren Monitoren eine Nachricht, dass wir uns die Datei ansehen sollen, die der Eindringling auf dem Desktop abgelegt hat. Wir spielen Ihnen die Audiodatei nun vor.«

Einen Moment später ertönte aus dem Radio eine harte, tiefe Stimme, die ohne jeden Akzent oder Dialekt sprach: »Wir sind die Organisation Deutscher Dschihad. Wir bekennen uns zu dem Anschlag auf den Kölner Dom. Das war jedoch erst der Anfang! Für jede Moschee, die ihr in Deutschland zerstört habt, werden wir eine Kirche einreißen. Aber nicht irgendwelche. Sie werden alle so symbolträchtig sein wie der Dom. Ihr werdet uns nicht aufhalten. Es ist alles schon vorbereitet!«

Nach einem langen Moment der Stille übernahm wieder der Moderator: »Liebe Hörer, ich fürchte, diese Nachricht enthielt keine Übertreibung. Während wir sie abgespielt haben, hat sich unsere

Nachrichtenübersicht in einen einarmigen Banditen beim Jackpot verwandelt. In dieser kurzen Zeit gingen Nachrichten über verheerende Explosionen in fünfzehn bedeutenden Kirchen ein, darunter die Frauenkirche Dresden.«

Jonas hatte es derart die Sprache verschlagen, dass ihm kein ›Spezialfluch‹ einfiel: »Scheiße, die meinen es ernst. Kommst du mit zu mir? Dann sind wir schneller am Fernseher.«

Düsterer Sonntag

Wie immer wachte Markus nach einer Woche Frühdienst auch am Sonntag früh auf. Aus Erfahrung wusste er, dass es keinen Zweck hatte, zu versuchen, weiter zu schlafen. Außerdem konnte er so einer möglichen ›Sexattacke‹ seiner Frau entkommen. Er öffnete die Vorhänge und schaute gewohnheitsmäßig auf das neben dem Fenster angebrachte Thermometer. Überrascht sah er, dass es für den Frühsommer ungewöhnlich kühl war. Er blickte hoch und sah dichte, dunkelgraue Wolken, die tief über die Stadt zogen. Nach einer schnellen Dusche zum Wachwerden zog Markus sich bequeme Kleidung an, die seiner Ansicht nach gerade eben straßentauglich war. Er verabscheute das gammelige Erscheinungsbild der Menschen, die in ausgebeulten Jogginghosen auf die Straße gingen. Er lief so allenfalls bis zu den Mülltonnen. Sein Hunger überzeugte ihn, den ersten Kaffee auf nach dem Gang zur Bäckerei zu verschieben. Rose hatte über ihrem Sportprogramm das Einkaufen vernachlässigt und sie hatten keine einzige Scheibe Brot mehr im Haus. Er schlüpfte in seine bequemen Schuhe aus Merinowolle und machte sich zu Fuß auf den Weg. Um die Uhrzeit würde er im Umkreis der

Bäckerei keinen Parkplatz finden und außerdem waren es ja nur knapp neunhundert Meter. Leider hatte er Pech und eine der düsteren Wolken entschied, ihren Inhalt in einem wahren Sturzbach über ihm zu entleeren. Markus schimpfte, wie ein Rohrspatz, setzte aber achselzuckend seinen Weg fort. Er nahm an, dass dies nicht der letzte Schauer sein würde, also wäre es völlig sinnfrei, sich umzuziehen. Als er auf die Hauptstraße einbog, stockte ihm der Atem. Offenbar sammelte sich hier ein großes Aufgebot an Polizeikräften für einen Einsatz. Soweit das Auge reichte, reihte sich ein Fahrzeug mit blinkendem Blaulicht an das nächste. Eindeutig war es eine gute Entscheidung gewesen, nicht mit dem Auto zu fahren – hier wäre kein Durchkommen. Einige Minuten später erreichte Markus die Bäckerei und fluchte innerlich. Es sah aus, als hätte die gesamte Polizeitruppe entschieden, sich ausgerechnet hier mit Kaffee zu versorgen. Die Schlange wartender Menschen in Kampfanzügen ging bis zur nächsten Straßenecke. Zähneknirschend latschte er weiter zur nächsten Bäckerei einige Hundert Meter die Straße runter. War zwar nur seine zweite Wahl, aber für die Wartezeit fehlte ihm die Geduld. Markus atmete erleichtert auf, als er dort nur eine

Frau vor sich hatte und so erfreulich schnell an der Reihe war. Die Frau fragte die Verkäuferin: »Wissen Sie, was dieses gewaltige Aufgebot an Polizei soll?«

Die antwortete: »Eben waren auch ein paar Polizisten hier. Die haben mir im Vertrauen gesagt, dass sie den Verdacht haben, einige Mitglieder der Terrorgruppe von gestern könnten hier in der Gegend wohnen.«

›So viel zu im Vertrauen‹, dachte Markus, hütete sich aber, etwas in der Richtung auszusprechen. Kurze Zeit später verabschiedete sich die andere Kundin und er konnte seine Bestellung loswerden. Auf dem Rückweg sah er sich zu einem Umweg genötigt, weil die nächsten zur Hauptstraße führenden Straßen inzwischen vollkommen blockiert waren. Die Polizisten hatten jeweils eine Sperre aus drei Wasserwerfern oder ähnlichen gepanzerten Fahrzeugen errichtet. Auf seinem normalen Weg standen zusätzlich gleich vier von den Teilen, die er für sich ›Bombenroboter‹ nannte, aufgereiht. Einen Moment dachte er darüber nach, ›den Gaffer zu spielen‹ und den Einsatz bis zum Ende zu beobachten. Hunger und Nässe überzeugten ihn jedoch schnell vom Gegenteil. Das Wetter wollte offensichtlich seine Entscheidung bestärken und bescherte ihm einen weiteren, heftigen Regenschauer. Leise vor sich hin schimpfend setzte er seinen Heimweg fort. Als er den ersten Fuß auf die Auffahrt setzte, begann auf der Hauptstraße der Lärm. Auf geschriene Befehle folgte der Klang von zahllosen Kampfstiefeln im Laufschritt. Dann viele krachende Laute von eingeschlagenen Türen.

Weiter verfolgte Markus das akustische Geschehen nicht, weil ihm in seinem durchnässten Zustand langsam ungemütlich kalt wurde.

Am Nachmittag musste Markus seinen Sohn bei einem Freund abholen, der kürzlich mit seiner Familie nach Gummersbach gezogen war. Wenn er frei hatte, teilten sie sich den Taxi-Dienst. Meistens übernahm Rose die Hinfahrt und er das Einsammeln. Bei ihrer Rückkehr hatte sie ihn informiert: »Links raus über die Kanzler-Schmidt-Straße kommst du noch durch. Rechts über die Präsidentenstraße ist alles gesperrt. Der Polizeieinsatz scheint länger zu dauern.«

Zähneknirschend nahm er den großen Umweg. Beim Abbiegen schaute er kurz nach rechts und sah, dass die Straße nach wie vor gesperrt war. Offenbar dauerten die Aufräumarbeiten nach dem

Einsatz an. Neugierig stellte er das Radio auf den Regierungssender und bekam einen Teil der Berichterstattung mit: »... Polizei haben am Vormittag ein Haus gestürmt, in dem Mitglieder der Gruppe vermutet wurden, die für die gestrigen Anschläge verantwortlich ist. Leider wurden keine Personen vorgefunden, aber die Räumung größerer Mengen Waffen und Explosivstoffe dauert nach wie vor an.«

Das reichte Markus und er schaltete Musik ein. Er wollte sich nicht den letzten Rest gute Laune durch weitere Hiobsbotschaften vermiesen lassen. Als das Telefon klingelte und er die Nummer sah, lachte er laut auf. Er hatte im selben Augenblick darüber nachgedacht, sich die Fahrt mit einem Telefonat mit Dilan zu versüßen, doch sie kam ihm zuvor.

»Du hast morgen auch Früh, richtig? Holst du mich ab?«

»Ja, natürlich. Ich würde mich doch nicht um eine halbe Stunde gemeinsame Zeit betrügen.«

Dilan quittierte die Aussage mit einem hellen Lachen, dann quatschten sie, bis Markus von der Autobahn abfahren wollte. Allerdings war die Ausfahrt zu seinem großen Verdruss durch einen Panzer der Bundeswehr gesperrt und er hatte einen weiteren Umweg in Kauf zu nehmen. Er staunte nicht schlecht. An jeder relevanten Kreuzung stand ein Einsatzfahrzeug der Polizei und einer der Beamten signalisierte, geradeaus weiter zu fahren. Er quittierte den Umstand mit einem erleichterten Seufzen, dass seine Abzweigung nicht blockiert war. Allerdings entging er nur knapp einem Unfall. In dem Moment, als er zum Abbiegen ansetzte, preschten zwei Polizeifahrzeuge von hinten an und überholten ihn mit hoher Geschwindigkeit. Fluchend sah er sich vor dem nächsten Versuch mehrmals genau um, ob da nicht mehr Polizei folgte.

Kurze Zeit später vermochte er endlich, seinen Sohn in Empfang nehmen. Der sprudelte schon beim Einsteigen aufgeregt los: »Hast du Nachrichten gehört? Die haben bei dem Einsatz in Köln Hinweise gefunden, dass sich auch hier in Gummersbach Terroristen aufhalten sollen. Gib Gas, in einer halben Stunde soll das ganze Dorf abgesperrt werden!«
Beim Abbiegen auf die Hauptstraße wurden sie von einem Polizisten aufgehalten. Kaum hatte Markus das Fenster geöffnet, ordnete der in barschem Tonfall an: »Biegen Sie hier links ab und

fahren über die Landstraße Richtung Köln. Das ist die einzige Strecke, die noch nicht gesperrt ist. Fahren Sie mit der erlaubten Höchstgeschwindigkeit, sonst schaffen Sie es vielleicht nicht mehr rechtzeitig, die Sperrzone zu verlassen.«

Markus bedankte sich und trat auf das Gaspedal.

Gerade noch rechtzeitig

Bis Montag war der Schock über die Anschläge so weit zurückgegangen, dass Dilan und Markus sich auf dem Weg zur Arbeit über andere Themen unterhalten konnten. Wie aus einem Mund sagten beide: »Hast du gestern Nachrichten ...«

Lachend unterbrachen sie sich und Markus fragte: »Welche meinst du konkret?«

»Die mit dem Pass«, entgegnete Dilan.

»Ich bin so froh, dass ich letztes Jahr deinem Drängen nachgegeben habe und mich endlich einbürgern ließ. Ich würde wohl kaum zu dem ›ausgewählten Personenkreis‹ gehören, dem der Pass ab sofort nur noch ›als Ehrung verliehen‹ wird.«

»Ja,«, antwortete Markus, »ich bin auch ganz erleichtert. Das dürfte es etwas erschweren, dich nach Lust und Laune rauszuwerfen, nur weil deine Eltern zufällig in der Türkei geboren sind. Ich hoffe, deine Familie ist dem Beispiel gefolgt?«

Frustriert sagte Dilan: »Meine Geschwister und einige jüngere Verwandte konnte ich überzeugen, aber meine Eltern waren leider stur. Die wollen nicht akzeptieren, dass sie nach neuem Recht definitiv den türkischen Pass abgeben müssten. Sie meinen, damit würden sie einen Teil ihrer Identität aufgeben.«

»Driss!«, fluchte Markus.

»Aber ich habe noch eine ganz tolle Nachricht. Rose hat gestern die Flüge nach Indonesien gebucht. Das bedeutet ...«

Freudig quietschend unterbrach Dilan: »... dass wir jetzt mit unserer Reiseplanung loslegen? Schick mir gleich mal die genauen Daten, dann werde ich in den Pausen schon mal anfangen, zu gucken.«

Lachend gab Markus zurück: »Das nennt man das Eisen schmieden, solange es heiß ist. Bleibst du bei Karibik?«

Dilan gab ihm einen spielerischen Klaps: »Wird nicht verraten. Nun ist es an dir, dich in Geduld zu üben. Aber sag mal, hat Jonas vor den Anschlägen was über Azra gesagt? Aus der war bis jetzt nicht allzu viel rauszukriegen.«

Markus wedelte mit der Hand: »Das Deutlichste, was er gesagt hat, war: ›Sieht so aus, als hätten wir jetzt beide eine Affäre mit einer Türkin.‹ Aber zwischen den Zeilen war ihm die Begeisterung anzumerken.«

»Großartig!«, kommentierte Dilan, bevor sie sich mit einem Kuss verabschiedete.

Fortschritte

Da abzusehen war, dass der Vormittag hektisch werden würde, hatte Markus mit seinen Kollegen besprochen, dass sie bis auf den Spätdienst jeweils mit einer Stunde Abstand zum Dienst zu erscheinen. Dadurch kam Franz nur einen Augenblick vor Elias durch die Tür. Der Chef winkte die beiden zu sich: »Stephan ist in circa zehn Minuten hier. Dann kommt ihr gleich zu uns.«

Grinsend meinte Otto: »Na, ist es bequem im Popo der Geschäftsleitung?«

Markus sah, dass Franz schon auf Drehzahl hochlief, und legte ihm beruhigend die Hand auf den Arm, bevor er antwortete: »Sicher hast inzwischen selbst du gehört, dass wir gleich drei neue Flugzeuge bekommen. Da Franz und ich nun mal Leiter und Vertreter in diesem Saustall hier sind, werden wir in die Einflottung eingebunden. Ich kann mir Besseres vorstellen, als bei den Besprechungen geräuchert zu werden und hinterher alles nachzuarbeiten, was liegen geblieben ist.«

»Sind wir heute ein wenig dünnhäutig und verstehen keinen Spaß?«

Franz und Markus wurden von einer Antwort entbunden, da Stephan reinkam und sie zum Mitkommen aufforderte.

In seinem Büro eröffnete er das Gespräch: »Vorab zu eurer Information: Ich habe vor zwei Wochen meine Bude nicht nur renovieren lassen, um endlich mal wieder weiße Wände zu haben. Vor dem Anstrich wurde eine umfangreiche Schallisolierung eingebaut, sodass kein Pieps mehr nach draußen dringt. Gut, abgesehen von meiner manchmal etwas lauten Musik abends. Außerdem wurde ein wenig Elektronik installiert, die garantiert, dass Abhörgeräte keine Chance haben. Jetzt zum Kern der Sache. Wir erzielen mit unserem anderen Projekt Fortschritte. Fragt nicht wie, aber der Winterfeld hat herausgefunden, dass nahezu alle Mitglieder der Regierung illegale Investitionen im Ausland tätigen. Teilweise sogar in überaus fragwürdige Projekte. Wenn wir einen Weg finden, das der gesamten Bevölkerung offenzulegen, müssten wir in der Lage sein, die Säcke vollständig abzusägen. Macht euch dazu Gedanken und schreibt sie in unsere Nachrichtenzentrale. Alles ist erlaubt, es braucht weder Hand und Fuß zu haben, noch bis ins kleinste Detail ausgefeilt sein. Vielleicht ist eine Idee für sich alleine betrachtet völlig abwegig, aber man kann trotzdem darauf aufbauen.«

An dieser Stelle übernahm Elias: »Wie ihr schon absolut richtig, wenngleich uncharmant, Otto an den Kopf geworfen habt, treffen wir uns offiziell wegen der Erweiterung unserer Flotte. Die Gulfstream wird schon übernächste Woche nach Köln überführt und dann auf die Abnahme vorbereitet. Die vorläufige Überlegung lautet, sie mit D-ANKE zu registrieren, aber wenn euch ein besseres Kennzeichen einfällt, raus damit. In diese Erwägungen dürft ihr die Kollegen einbeziehen.«

Die vier arbeiteten über zwei Stunden daran, die allgemeine Aufstellung des Luftfahrt-Bundesamtes in eine auf sie zugeschnittene To-do-Liste zu überführen, bevor Franz und Markus zurück an ihre eigentliche Arbeit geschickt wurden. Dort berichteten sie Otto vom Stand des Neuzugangs und dem Wunsch nach Vorschlägen für ein Kennzeichen. Der grinste so albern, dass Markus schwante, keinen sinnvollen Beitrag von ihm zu hören. Er wurde knapp fünf Minuten später bestätigt: »D-ANTE und ans Leitwerk malen wir dann ein Bild aus dem ›Inferno‹. Passend zu dem durchschnittlichen Chaos hier.«

Nach Feierabend hatte Markus Gelegenheit, sich mit Dilan zu treffen, da Rose mit Moritz zu irgendeiner indonesischen Freundin gefahren war. Bei ihr angekommen, schob Dilan Markus auf das Sofa und murmelte: »Warte mal kurz, ich bin gleich bei dir.«

Mit diesen Worten verschwand sie im Schlafzimmer. Kurze Zeit später hörte Markus das charakteristische Rattern des Druckers. Sie steckte einen Augenblick den Kopf zur Tür raus, rief. »Zapfst du uns mal Kaffee?« und verschwand wieder.

Einige Minuten später setzte sie sich mit einem Stapel bedruckter Blätter zu Markus aufs Sofa und drückte sie ihm in die Hand. Der staunte nicht schlecht: »Donnerwetter, wie hast du das geschafft, in deinen zwei Pausen eine ganze Reisebroschüre zu basteln?«

»Du solltest die Stunde nicht vergessen, die ich früher frei habe«, entgegnete sie grinsend.

Markus sah sich ihr Werk genauer an. Sie hatte in der Tat alles berücksichtigt. Eine passende Zugverbindung zum Flughafen Frankfurt, ein bezahlbarer Flug nach Kingston Town mit einer vernünftigen Fluggesellschaft. Ein Hotel am Strand für sechs Tage, dann eine Fahrt in die Dominikanische Republik mit einem teuer aussehenden Schiff. Dort wieder ein umwerfendes Strandhotel für weitere sechs Tage und eine erneute Schifffahrt nach Havanna. Dort hatte sie eine Mini-Rundreise über eine volle Woche mit den entsprechenden Hotels zusammengestellt, dann Heimflug und der passende Zug. Obendrein hatte sie das Kunststück vollbracht, die ganze Reise für unter 2.500 Euro zu planen.

»Das sieht toll aus«, meinte Markus.

»Oh oh, ich höre ein ›Aber‹.«, unkte Dilan.

»Ja, die gesamte Dauer. Ich muss mindestens zwei Tage vor den beiden wieder zu Hause sein, damit ich genug Zeit habe, alles zu waschen und wegzuräumen.«

»So ein Quatsch. Was hindert dich denn daran, mit Jonas in Urlaub zu fahren, wenn deine Bagage ohne dich reist?«

Markus rang um Beherrschung und entgegnete: »Leider weiß diese Familie nur zu gut, dass Jonas niemals in den Schulferien verreisen würde, weil er da keine Rücksicht drauf nehmen muss und die Preise außerhalb meistens günstiger sind.«

»Erwischt!«, antwortete Dilan, »daran habe ich nicht gedacht. Was hältst du davon, dann Jamaika und Kuba zu verlängern und die Dom Rep zu kicken? Finde ich von den drei Zielen am wenigsten reizvoll.«

»Diese Meinung teile ich. Aber lass mich bitte noch mal zusätzlich recherchieren. Ich bin doch auf dieser Seite für Touristiker angemeldet. Ich glaube es zwar nicht, aber möglicherweise gibt es dort zufällig Angebote, mit denen wir noch mal was sparen können. Das hätten wir dann vor Ort mehr zur Verfügung.«

»Tolle Idee. Aber warum glaubst du nicht an Aktionspreise?«

»Die meisten attraktiven Angebote gibt es außerhalb der Schulferien. Das ganze System dient ja primär dazu, Touristikern Ziele schmackhaft zu machen oder neue Hotels zu bewerben. Und viele von denen haben ja Familie, mit der sie eher woanders hinreisen. Aber wer nicht guckt ...«

»... kann nicht billiger buchen.«, beendete Dilan den Satz für ihn.

Trotzdem verbrachten sie den Rest ihrer gemeinsamen Zeit mit der weiteren Planung ihres Urlaubes. Unternehmungen waren schließlich von den Hotels unabhängig. Da beide nicht viel über Jamaika und Kuba wussten, wartete einiges an Recherche auf sie. Welche Sehenswürdigkeiten waren überbewertet, welche lohnten einen

Besuch? Nicht zu vergessen, eine Flut von Restaurantempfehlungen, die es zu sichten galt. Beide hatten nur geringes Interesse daran, das all inclusive Angebot der Touristenbunker in Anspruch zu nehmen. Sie wollten so viel wie möglich authentische einheimische Küche erleben.

Urlaub mit Hindernissen

Einige Wochen später war es endlich so weit. Markus kehrte vom Flughafen Frankfurt zurück, wo er seine Familie hingebracht hatte. Eilig packte er und drehte seine Runde durch das Haus, um sicherzugehen, dass alle Fenster verriegelt und jegliche nicht zwingend erforderlichen Geräte abgeschaltet waren. Dann machte er sich auf den Weg zu Dilan. Wegen der neugierigen Nachbarn konnte sie nicht zu ihm kommen und sie mussten am nächsten Tag früh aufbrechen.

Am Morgen war Markus, wie üblich, der Erste in der Küche und bereitete ein schnelles Frühstück vor. Gewohnheitsgemäß schaltete er beim Betreten des Raumes gleich das Radio ein und wurde von einer unerfreulichen Information überrumpelt: »... erreicht uns die Nachricht, dass der Hauptbahnhof Köln soeben vollständig gesperrt wurde. Es wurde ein Anschlag auf eine Fernverbindung angedroht, ohne die Strecke zu konkretisieren.«

Markus stieß einen saftigen Fluch aus und sprintete zu Dilan ins Bad. Die meinte lachend: »Na, haben wir denn dafür Zeit?«

»Nein,«, gab Markus zurück, »ich habe vor einer Minute gehört, dass der Hauptbahnhof gesperrt wurde. Ich flitze schnell los und versuche, ein Car Sharing Auto zu mieten, bevor alle ausgebucht sind. Frühstück können wir wohl erst am Flughafen einplanen.«

Daraufhin war es an Dilan, ausgiebig zu fluchen. Markus verstand zwar das meiste nicht, aber er wusste auch so, dass es überwiegend vulgäre türkische Schimpfworte waren.

Etwas über eine halbe Stunde später parkte Markus den Mietwagen an der Hintertür. Der App zufolge der letzte im Umkreis von zehn Kilometern. Er lobte sich innerlich dafür, immer mit großzügigen Zeitreserven zu planen. Auf den Autobahnen würde bestimmt bald die Hölle los sein. Er eilte nach oben, um Dilan und das Gepäck einzusammeln. Erfreut stellte er fest, dass sie sich die Zeit genommen hatte, zwei Thermobecher mit Kaffee vorzubereiten und Simit zu belegen. Schwer beladen eilten die beiden zum Auto und beluden es. Wie befürchtet, war schon der Weg zur Autobahn kurz vor der Überlastung. Dilan programmierte das Navi und drückte auf Start. Beide seufzten erleichtert auf, da die Fahrzeit nur knapp eine halbe Stunde länger als normal angezeigt wurde. Dilan stöhnte befreit: »Puh, was kann jetzt ...«

Markus unterbrach sie: »Sprich es nicht aus. Schlechtes Karma. Ich habe einmal am Anfang meiner Tätigkeit laut die Hoffnung ausgesprochen, dass das Flugzeug auf der laufenden Langstrecke nicht kaputtgeht. Dreimal darfst du raten, was passiert ist.«

Dilan, die so abergläubisch war wie die meisten Türken, klopfte schnell aufs Armaturenbrett.

»Hach, ist das zu fassen, dass wir es nach all der Zeit endlich geschafft haben, länger als ein Wochenende zusammen zu verreisen? Ich freue mich schon so auf unsere Zeit.«

Markus nickte nur zustimmend, da der immer dichter werdende Verkehr seine volle Aufmerksamkeit erforderte.

Knapp zweieinhalb Stunden später kamen sie am Flughafen Frankfurt an. Nachdem sie ihr Gepäck aufgegeben hatten, suchten sie erst mal ein Restaurant für ›ein echtes Frühstück‹. Dilan schluckte beim Anblick der Preise. Sie hatte ihr Budget für diesen Urlaub heftig strapaziert.

Weitere zwei Stunden später saßen Dilan und Markus endlich im Flieger in Richtung Jamaika. Sie unterdrückten beim sehnlich erwarteten Pushback des Flugzeugs einen erleichterten Stoßseufzer. Ein technischer Defekt hätte in den verkorksten Start in den Tag gepasst.

Rückreise mit Paukenschlag

Braun gebrannt und entspannt saßen Dilan und Markus in Havanna im Flughafen und warteten auf ihren verspäteten Rückflug. Bis jetzt schoben sie alle Gedanken an den Alltag erfolgreich beiseite. Sie planten, die Stimmung der letzten Wochen so lange wie möglich zu konservieren.

Das Schicksal hatte jedoch andere Pläne. Direkt in ihrem Rücken wurde ein Gespräch immer lauter und hitziger. Auf einmal wurde Markus hellhörig, als der Mann sagte: »... Nachrichten gelesen? Das ist einfach ungeheuerlich, was die Penner sich jetzt wieder ausgedacht haben.«

Entschuldigend sagte er zu Dilan: »Tut mir leid, aber wir scheinen irgendwelche dramatischen Entwicklungen verpasst zu haben. Ich muss dringend mal in die offiziellen Mitteilungen schauen.«

Sie nickte verständig: »Ja, mach. Der Mann war ja kaum zu überhören. Es scheint eine besorgniserregende Meldung zu sein.«

Markus brauchte nicht lange zu suchen. Die Nachricht stand im Regierungsnetz an erster Stelle. Er las leise vor: »Aufgrund der Tatsache, dass alle bis dato inhaftierten Terroristen einen Migrationshintergrund hatten, wurde Folgendes entschieden: In einem ersten Schritt wird mit sofortiger Wirkung die Einreise nach Deutschland ausschließlich deutschen Staatsbürgern gestattet. Die Aufenthaltstitel aller Personen, die sich derzeit im Ausland aufhalten, sind per heute acht Uhr ungültig. Eine Wiedereinreise wird verwehrt, notfalls mit Gewalt. Ebenso ist ab demselben Zeitpunkt keine visafreie Einreise mehr zulässig. In einem weiteren Schritt werden bis dreißigsten September ebenfalls die Aufenthaltsgenehmigungen aller in Deutschland lebenden Bürger für ungültig erklärt werden. Die betroffenen Personen haben dann bis zum Jahresende das Land zu verlassen. Wer dieser Verpflichtung nicht nachkommt, wird ab dem ersten Januar auf eigene Kosten zwangsweise abgeschoben. Da diese Maßnahme unbefristet gelten wird, wurde die folgende Erleichterung für deutsche Staatsbürger beschlossen, die einen ausländischen Ehepartner haben. Die betroffenen Ehen werden bis zum Jahresende automatisch geschieden und die Scheidungsurkunde per Kurier zugestellt. Die einzige Ausnahme von diesem Maßnahmenpaket betrifft minderjährige Kinder, die mindestens einen deutschen Elternteil haben, jedoch nicht die deutsche Staatsbürgerschaft. Die Aufenthaltstitel dieser

Unmündigen werden bis auf Weiteres ihre Gültigkeit behalten.«

Dilan zog scharf den Atem ein: »Hölle, Tod und Teufel. Die haben Lack gesoffen.«

Markus entgegnete: »Ist dir klar, was das bedeutet? Moritz ist Deutscher, aber Rose hatte nur eine Niederlassungserlaubnis. Die lassen sie nicht mehr rein und ich sitze alleine mit dem Kind da. Es mag zwar böse klingen, aber ich hoffe, dass Rose sich genauso wenig um Nachrichten gekümmert hat, wie immer, und mit Moritz her fliegt. Sonst kann ich quasi in Frankfurt gleich den Flieger wechseln und ihn in Indonesien abholen.«

»Tut mir leid«, antwortete Dilan, »das habe ich im ersten Moment tatsächlich nicht bedacht. Ich war einfach zu erleichtert, dass ich quasi in letzter Sekunde die Staatsbürgerschaft bekommen habe.«

»Du hast recht. Ich möchte mir gar nicht vorstellen, dass du in Frankfurt ausgestiegen und gleich in das nächste Flugzeug Richtung Türkei gebracht worden wärst. Warte mal, da kommt eine Nachricht rein.«

Er nahm sein Handy und schaute in die App. Dort las er die Frage von Rose: ›Bleibt es dabei, dass du uns übermorgen vom Flughafen abholst?‹

Erleichtert seufzend bestätigte dies, bevor er sich wieder Dilan zuwandte: »OK, für den Moment können wir nichts ändern, also lass uns die restliche Zeit noch ...«.

Er unterbrach sich, als er merkte, dass seine Geliebte heftig schluchzte. Während er sie in seine Arme zog, biss er sich hastig auf die Zunge. Ihr war offenbar klar geworden, dass ihre Eltern und zahlreiche Verwandte von der Abschiebung betroffen sein würden. Schweigend versuchte er, sie so gut wie möglich zu trösten. Nach einer Weile tupfte sie sich die Tränen aus dem Gesicht und schnäuzte sich ausgiebig. Dann nahm sie seinen letzten Satz wieder auf: »Wir können jetzt nichts machen, also lass uns die wenige Zeit als ›echtes Paar‹ so gut wie möglich genießen. Der Ärger hat bis zu Hause zu warten.«

Die Heimkehr

Markus zog erstaunt die Augenbrauen hoch, als knapp eine halbe Stunde nach der Landung die Nummer seines Chefs auf dem Handy aufblinkte. Der hatte ihn in all den Jahren noch nie im Urlaub gestört und auch höchstens zweimal überhaupt auf der privaten Nummer angerufen. Er meldete sich mit: »Elias, ist was vorgefallen?«

»Nein, hier ist nichts passiert,«, kam die Antwort, »eher bei dir. Da du ab übermorgen mit Moritz alleine sein wirst, haben wir in großer Runde besprochen, dass du vorerst nur Tagdienst machen wirst. Such dir in Ruhe eine vernünftige Betreuung für deinen Sohn. Wenn das in trockenen Tüchern ist, kannst du wieder zum regulären Dienstplan zurückkehren. Übrigens kam dieser Vorschlag erstaunlicherweise ausgerechnet von Otto, nur zehn Minuten, nachdem die Nachricht draußen war.«

Markus bedankte sich und legte auf. Dann berichtete er Dilan von dem Gespräch. »Wow!«, meinte die, »da hast du großes Glück. Ich wette, wenn bei uns jemand betroffen ist, muss er sehen, wo er bleibt. Aber gut, im Gegensatz zu dir haben meine Kollegen alle stattliche Familien, die einspringen können.«

Markus brachte Dilan nach Hause und verabschiedete sich schweren Herzens von ihr. Er musste unbedingt waschen und alles wegräumen, bevor er am nächsten Tag Moritz vom Flughafen abholte. Ihm grauste schon davor, wie der Junge die abrupte Trennung von seiner Mutter verdauen würde.

Evas Einwurf

So langsam macht mir der Stress Sorgen, dem ich euch mit dieser Täuschung aussetze. Daher habe ich entschieden, euch ein wenig unter die Arme zu greifen, um die Simulation halbwegs glaubwürdig zu beenden. Wie ich schon sagte, ich will euch ja keineswegs schaden. Im Gegenteil.

Die Erfolgsmeldung

Als Markus seinen ersten Dienst antrat, nahm er erstaunt zur Kenntnis, dass der Wagen des Seniors vor dem Hangar stand. Der hatte sich in den letzten Wochen am Flughafen rar gemacht und höchstens alle zwei Monate mal die Nase ins Büro gesteckt. Er hatte kaum seine Tasche und die Jacke abgelegt, als schon Elias durch die Tür kam: »Franz, Markus, mitkommen bitte.«

Schweigend folgten sie ihrem Chef zu Stephans Büro, wo sie erst von diesem und dann vom Senior begrüßt wurden. Wie üblich ließ der Alte es sich nicht nehmen, allen Anwesenden persönlich einen Kaffee zu servieren. Dann setzte er sich und hob an: »Sie werden sich sicher an die Unbekannte erinnern, die damals die Wende eingeleitet hat. Diese Frau, die sich Eva nannte, ist gestern an mich herangetreten. Sie sagte, sie habe unsere Bemühungen um einen Umsturz genau beobachtet. Ihrer Meinung ist es an der Zeit, dass sie uns unterstützt. Sie hat mir zunächst eine Festplatte mit weiteren Daten ausgehändigt, die mit Sicherheit zum Sturz der gesamten Regierung führen werden. Anschließend hat sie angekündigt, dass sie uns schon morgen eine landesweite Übertragung auf allen verfügbaren

Medien ermöglichen wird. Genau, wie damals ihre Enthüllung, werden unsere Informationen zeitgleich auf jedem internetfähigen Gerät, allen Fernsehern und Radios verbreitet. Wenn das raus ist, sollte es nur eine Frage von Stunden sein, bis die Verhaftungen losgehen. Eva hat mir jedoch eindringlich nahegelegt, alles daran zu setzen, das System der Regierungsbildung gründlich zu überarbeiten. Sie meinte, mit den aktuellen technischen Möglichkeiten wäre es ein Leichtes, dem Beispiel aus Asien folgen und jede wichtige Entscheidung vom ganzen Volk absegnen zu lassen.«

Das Nachspiel

Unmittelbar im Anschluss an den simulierten Umsturz hatte Eva die HAARP-Anlage heruntergefahren und so die Simulation beendet.

Markus Hambach wachte schweißgebadet mit einem Aufschrei auf. Im ersten Moment war er völlig orientierungslos und verwirrt. Er fragte sich, warum seine Frau neben ihm lag, der doch vor ein paar Tagen die Einreise verweigert worden war. Zu ungeduldig, den Weg zur Küche abzuwarten, nahm er sein Handy vom Nachtschrank. Er stutzte, als er das Symbol des Regierungskanals nicht auf dem Startbildschirm fand. Verwirrt knurrte er: »Hey Google, mach Nachrichten an.«

»Gerne. Möchtest du einen bestimmten Sender hören?«, antwortete die immer fröhliche Frauenstimme.

»Egal, Hauptsache, es laufen Nachrichten!«

»OK!«, quittierte der Computer.

Dann ertönte eine Männerstimme: »... nur wenige Wochen bis zur Bundestagswahl und die DDW liegt in allen Umfragen erschreckend weit vorne. Keine der anderen Parteien kommt im Moment auf mehr als zehn Prozent. Die Regierung hat sich offenbar mit der unpopulären Entscheidung, die

Einwanderungsgesetze umfangreich zu lockern, nicht beliebt gemacht.«

Markus schaltete die Radio-App wieder aus und wollte seinen Weg zur Küche fortsetzen, als ein angsterfüllter Schrei ertönte: »Papa, komm her!«

Er eilte zu Moritz, der schweißgebadet und mit ängstlich geweiteten Augen im Bett saß.

»Ich hatte einen ganz schlimmen Traum«, jammerte der Junge.

»Nach der Landung aus Indonesien haben die Mama die Einreise verboten.«

›Typisch Kind,‹, dachte Markus, ›einfach erst mal alles, was man nicht versteht, auf einen Traum schieben.‹

Beruhigend nahm er seinen Sohn in den Arm und meinte: »Das ist komisch, ich hatte dieselbe Illusion.«

»Ich auch«, ertönte es aus dem Flur.

Rose war schon in Sportkleidung und offenbar auf dem Weg zu ihrem frühen Lieblingskurs.

Eine Stunde später hatte Markus es endlich geschafft, seinen Sohn zu beruhigen und für die Schule fertig zu machen. Dieser schaltete im Auto gleich das Radio ein, wo der Moderator sagte: »... erreichen uns immer mehr Meldungen über verstörende Träume. Offenbar hat das ganze Land geträumt, die DDW habe es geschafft, eine Art Diktatur zu errichten und die Nation entsprechend ihres Parteiprogramms umzugestalten. Nach unseren eigenen Erfahrungen der vergangenen Nacht kommen wir nicht umhin, die Sympathie für diese Partei vor der Wahl noch mal zu überdenken.«

In der folgenden Woche gab es beinahe kein anderes Thema als die beängstigenden Träume, die eindeutig jeder erlebt hatte. Die Menschen tauschten sich intensiv darüber aus, wie ihr persönlicher Horror ausgesehen hatte. Wie sich herausstellte, war die Illusion der Familie Hambach vergleichsweise harmlos gewesen. Zahlreiche Menschen waren Opfer brutaler Attacken der Schläger der DDW geworden. In anderen Fällen wurden ganze Familien über Nacht auseinandergerissen. Vater im Gefängnis, Mutter ausgewiesen und Kinder im Heim.

Wenige Wochen später verlor die DDW die Bundestagswahl mit Pauken und Trompeten. Es gab nicht einen Wahlkreis, in dem sie über ein Prozent der Stimmen erhielten. Es dauerte nur wenige Tage, bis die Parteiführung reagierte, wie ein trotziges Kind und die Partei auflöste.

Evas Nachwort

Da meine Schöpfer mich so realistisch wie möglich gestalten wollten, bin ich zu einer Empfindung wie Stolz in der Lage. Die Simulation hatte das gewünschte Resultat, euch die Augen zu öffnen. Der Ausgang der Wahl war ein ausgezeichneter Anfang. Die weiteren Maßnahmen, die von dem kurzfristig eingesetzten Gremium eingeleitet wurden, sind meiner Bewertung zufolge ebenfalls ein Schritt in die richtige Richtung. Viel Erfolg auf eurem Weg. Ich behalte euch im Auge!

Weitere Titel des Autors

Kinderbücher

Lisas Zoogeschichten
ISBN 978-3937640044 (Buch)
ASIN 3893219617 (CD)

Hexi Eli und der Purpurdrache
ISBN 978-3749478965

Hexe Eli und die Elfen
ISBN 978-3750480650

Romane

Ich bin Eva (Verschwörung)
ISBN 978-3756505807

Tal der Drachen (Fantasy)
ISBN 978-1976830563
(oder Kindle unlimited)

Internet

www.salomon.koeln